世界名家经典短篇小说丛书

丛书主编　冯道如

大名的艳妾

[日]井原西鹤 等　著

商倩 等　译

江苏凤凰文艺出版社
JIANGSU PHOENIX LITERATURE AND ART PUBLISHING, LTD

图书在版编目（CIP）数据

大名的艳妾 /（日）井原西鹤等著；商倩等译 . — 南京：江苏凤凰文艺出版社，2015
（世界经典短篇小说丛书 . 第 3 辑）
ISBN 978-7-5399-8497-1

Ⅰ. ①大… Ⅱ. ①井… ②商… Ⅲ. ①短篇小说—小说集—世界 Ⅳ. ① 114

中国版本图书馆 CIP 数据核字（2015）第 148895 号

书　　名	大名的艳妾
著　　者	（日）井原西鹤　等
译　　者	商　倩　等
责任编辑	黄孝阳　聂　斌
出版发行	江苏凤凰文艺出版社
出版社地址	南京市中央路 165 号，邮编：210009
出版社网址	http://www.jswenyi.com
经　　销	凤凰出版传媒股份有限公司
印　　刷	三河市华东印刷有限公司
开　　本	652×960 毫米　1/16
印　　张	11.75
字　　数	167 千字
版　　次	2015 年 8 月第 1 版　　2022 年 1 月第 3 次印刷
标准书号	ISBN 978-7-5399-8497-1
定　　价	30.00 元

目　录 | *Contents*

椭圆形肖像

［美］埃德加·爱伦·坡

刘 洋译

我受了重伤，我的男仆不愿让我在野外过夜，于是我们便破门进入一座城堡。长久以来，它一直坐落于亚平宁山脉深处，壮丽中透着忧郁，相较于拉德克里夫夫人小说中的奇思幻境毫不逊色。从四周环境来判断，它是最近才被人暂时弃置。我们在城堡内最小且家具陈设最为朴素的房间安顿下来。它位于城堡内一座偏僻的塔楼内。室内装潢奢华，却十分破败陈旧。四壁不但有挂毯与种类繁多、形态各异的纹章装饰，还有数目惊人的生动现代油画。这些画作镶在有着金色蔓藤花纹精美装饰的画框里。不仅是墙面上挂着油画，城堡中很多特色的奇异壁龛中也有装饰。也许是受伤引发的癔症，这些油画引起了我极大的兴趣。夜幕已经降临，我便吩咐佩德罗将屋里厚重的百叶窗拉上，点燃床头一支高脚烛台上的蜡烛，并把围在床四周的黑色天鹅绒窗帘全部拉开。于是我安然躺下，即使不睡觉，也可以看看四周的画作，读读枕边找到的那本小书——这本书正是介绍与评论屋内画作的。

我读了很久，贪婪而执着地注视着油画。时光飞逝，转眼间深夜来临。烛台的位置不太称我心意，然而我又不想吵醒男仆，于是便吃力地伸出一只手去挪动，好让光线充分地照在书上。

然而，如此一动竟然带来了意想不到的效果。众多蜡烛的光线这时投射到了房间里的一处壁龛内。而此前这里却被一根床柱的阴影所遮蔽。这样一来，我便看清了那里一幅之前全然没有留意的油画。那是一幅肖像画，画中的少女正渐渐熟落成人。我匆匆扫了一眼，然后便闭上双眼。起初我也不甚清楚自己为何会这样做。就在双眼紧闭之时，我也在思索着这样做的原因。那是为了争取思考时间的冲动之举——既是为了确认我的眼睛没有欺骗自己，也是为了消除幻觉，更为冷静客观地观察。过了一会儿，我再次目不转睛地注视着那幅油画。

这次我确信无疑，因为一道烛光投射在画布上，似乎驱散了那抹令我失神的朦胧，我立刻回过神来。

正如我所言，这幅肖像画的是一位年轻姑娘，画中只能看到头部和肩膀，用绘画专业术语来讲，所用的是晕映法，与萨利的肖像名作颇有相似之处。画中女子的手臂、前胸，甚至是熠熠秀发的发梢，全都不着痕迹地融入背景中那抹模糊而幽深的黑暗中。画框呈椭圆形，镀着厚厚的金粉，上面有摩尔风格的金丝细纹装饰。作为一件艺术品，最为令人称道的还是画作本身。然而，这幅画却突然让我产生了巨大的触动，既非由于技法上乘，也非因画中是位绝代佳人。至少，不可能是由于之前半睡半醒中的幻觉，让我错将肖像当成了真人。我立马留意到了它独特的设计、晕映的技法以及精美的画框，这些足以立刻排除幻象的可能性，容不得它片刻存在。我半坐半躺着，一边聚精会神地思考，一边注视着画像，这样持续了一个小时之久。终于，我心满意足，觉得自己领会了其技法真谛，然后便安然躺下。我发现，这幅画的魅力在于其极致的逼真，让我先是震惊，继而是困惑、折服与惊叹。带着深深的敬畏感，我将烛台放回原来的位置。如此一来，那令我震撼的画面便再次隐匿于阴影中。我急切地翻阅着那本描述绘画及其历史的小书，翻到了介绍这幅椭圆形肖像的那一页，在那里读到了这段模糊而离奇的文字：

“这位姑娘有着绝世美貌，而且活泼动人，然而她却不幸邂逅了一位画家，坠入爱河，并嫁给了他。画家富有激情，创作勤奋，并且早已献身艺术；而她相貌出众，活泼动人，而且总是神采奕奕，如小鹿般好动。她热爱一切，珍视一切，唯有绘画艺术是她憎恨的情敌。

她生怕调色板、画笔这样的讨厌工具会剥夺丈夫对她的垂青，因而听到画家说还想为自己的娇妻画像，她不禁大惊失色。但是，她为人恭顺谦和，无法拒绝。这位姑娘顺从地坐在阴暗高耸的角楼间，一坐就是几个星期，唯有头顶落下一道微光照亮画布。而画家对自己的作品深感自豪，一时又一时、一日复一日埋头作画。因为他个性热情不羁，又喜怒无常，渐渐地，他开始沉迷于幻想，以至于没有留意到，孤寂的塔楼中那道惨白的光线正在侵蚀妻子的身体与精神，而只有他对此视而不见。但她的脸上依然挂着笑容，毫无怨言，因为她知道，这位声名显赫的画家在工作中收获着激情与快感。他夜以继日地画着这位深爱自己的妻子，而她却日益憔悴虚弱。事实上，一些见过画像的人都赞叹着作品与本人惊人的相似，并且认定画家能有如此卓越表现，除了有高超的技法，还因为他深爱自己的妻子。然而渐渐地，随着作品几近完成，再也无人获准造访塔楼，因为画家的创作热情急剧高涨，两眼几乎不离画布，甚至连妻子的面容也不看上一眼。他全然没有想到，画布上的色彩所描绘的恰恰是身边坐着的这个人。几个星期过去了，任务所剩无几，只须描唇点睛便大功告成。此时，妻子的精神已如即将燃尽的油灯，忽明忽暗。嘴唇有了色彩，双眼也有了神韵。一时间，画家着迷一般站在自己的作品前。看着看着，他突然脸色苍白，浑身颤抖。他一脸惊骇，突然大喊一声：‘原来这真是活的！’他蓦然转身去看爱妻，却发现，她已经死了！”

大名的艳妾

［日］井原西鹤

商　倩译

这是发生在松风江户的故事。有一位住在东国的大名，夫人过世了却还没有续弦，他整天郁郁寡欢，家臣们都很为他担心。他府上有四十多位相貌姣好、出身不错的侍女，便从其中选定了女官，准备让她们在大名心情愉悦的时候去侍寝，以博得大名的欢心。这些女子都如含苞待放的樱花一般美丽动人，若经一夜春雨，必定顷刻怒放枝头，芬芳吐艳，无论哪一个，都是千娇百媚，风情万种，撩人魂魄。但是这些人中，竟然没有一位能使大名满意的，家臣们为此十分苦恼。

说来也怪，关东地带市井里巷的女子，大多足平颈粗，肌肉僵硬，虽心地善良却少了艳丽之质，其恬淡无欲、胆大心实无疑是长处，然而作为恋人却少了几分情趣。女人，说来还是京都的最好，从没有哪个东国的女子能超越京都女子。说起京都女子的好处，首先是善于辞令，这一点儿尤为可爱，却也不是说京都女子说话矫揉造作，而在帝王之都天子脚下便是这般风情，久而久之就成了习惯。出云一带的男女说话大都吐字不清，隐岐一带男女形象虽然粗鄙，说话口音却和京都相差无二，而且就风流韵事而言，姑娘们多喜欢弹琴弈棋，闻香弄歌。这种风俗是因昔日宫亲王曾被流放至此，由他将此事传播开来，后随着人们对此道日益熟知，并加增益，使得往昔的风俗流传至今。

大名觉得到京都寻觅女人，也许会找到满意的，就派了一个在王府当差了很久，现今在内宅当监工的老头子去往京都。他已经七十多岁了，想看清东西就得戴老花镜，前牙也已经基本掉光了，很早之前就已经嚼不动章鱼，食不知味了。对他来说，最好吃的东西就是把山蔓菜碾成泥。他终日过着百无聊赖的生活，对于男女之事，他也早已是心有余而力不足了，有时候不过是张着只剩下几颗牙的大嘴说些淫荡的话，撩拨一下自己的情欲而已。尽管如此，他毕竟还是一名武士，挂着披肩，一身武士的装扮，但是由于他在内宅侍候不允许佩戴长刀和短剑，所以干的又全然不是武士的差事，只是做些保管银钱账册之类的琐事。此次派他去挑选美女，和派一个女人去没有什么太大的区别，就是把女人放在他身边也无须担心，当然如果他还年轻的话就另当别论了，那就连释迦牟尼佛祖都不敢轻易将女人交给他的。

老家臣来到京都室町的筱竹屋绸缎铺老板的家，对老板夫妇说："我这次来有要事请二位帮忙，但此事又不能让大名手下人得知，我知道你们在京都生活了一辈子，对这里的情况非常熟悉。"在老武士进门的时候，老板心里就开始嘀咕，不知这生活在王府里的老武士会有什么事情求自己。然后老家臣严肃地说："大名的夫人过世多年，但至今仍是孤单一人，未能寻得合意的侍妾，此次我受大名所托，要寻一美貌女子带回王府。"老板忙说："这对大人们来说是常有之事，但不知要什么样的女子。"老家臣从直木纹的装画长匣中拿出美人图，说："和这画中女子近似即可。"

老家臣看着那幅画接着说："首先是年纪，要十五岁到十八岁，时下流行的姑娘们那种脸型，要圆一些，肤色要淡淡的樱花色。五官要端庄，不能是细眼，眉要浓，眉心要宽，鼻梁要渐高，樱桃小嘴，牙齿要白而且整齐。耳朵稍长，但不能又厚又肥，要薄一些的最好，耳垂不能太长而且要显得耳根都透亮。前额头发要自然，不加修饰，脖子挺拔，后颈没有拢上去的短发。手指要细长，指甲要薄，脚最好是八文三分长，大拇指不能翘起来，脚也不能扁平。个子要比普通女子高一些，腰不可太粗，不能显得结实呆板，臀部要宽而且丰腴，身段秀气，着装得体，姿态显得气质高雅，性格温柔，才艺兼备并且精通出众，浑身上下没有一颗黑痣。”老板听罢，沉思了一会儿说：“京都地广人多，有姿色的女人不计其数，但是完全合乎这个标准的太少了。但是大名既然有此要求，又不惜重金，只要这京都有，我一定寻来给大名过目。”

老板答应之后，随即立刻行动，把这件事情悄悄托付给了在筱竹町开鲜花店，同时干介绍人生意的角右门卫。一般来说，靠给大官介绍女人为职业的人，等事情办得有眉目之后，若交一百两定金他就会留下十两手续费。这十两之中，要给跑腿的老太婆八钱银子。相看那天，姑娘需要穿漂亮的衣服，若没有合适的衣服，可以租用。要租白色窄袖和服一件或清一色白色凸星花纹黑绫字上衣，仿照唐朝织造的特宽饰带，粉色绉绸的内裙，宫廷染法的戴头巾头篷，再加上铺轿子的坐垫，一天的租金是白银二十目[①]。如果姑娘被选中，介绍人就能拿到一锭银子的谢礼。如果是穷人家的姑娘，那就先认町人[②]为临时父母，即便这户人家是小门小户也无关紧要，要以这家姑娘的身份进府。这户町人家可得到的好处，是从雇主那儿得到一份礼金，以后这姑娘若成了侧室生了小少爷，这门临时亲也可得到一份禄米。

参选的姑娘们自然希望自己可以被选中，所以竭力做好准备，但被召见却是很难的。租窄袖和服需要二十目银子，租用一辆两人抬的轿子需要三目五分银子，在京城之内无论是谁都是这个价。如果姑娘是一位十四五岁的少女，则需付佣金六钱银子，如果是一位二十四五的姑娘，则要八分，还得提供两顿饭。这样，虽好不容易相看一次，然而一旦落选，则要白白损失二十四目九分银子，这对一个出身贫寒的女子来说实在太可悲了。

有时候还会发生这样的事情：大阪和堺市的町人们无生意做的时候，在岛原或者四条临河街的那些游乐场所，把帮闲的和尚假扮成九州一带的财主，把愿到京都做妾的姑娘们请到一起，说是慰劳她们。但是对那些有几分姿色的姑娘就留住不放，悄悄央求茶馆老板给传话

---

① 也写为文目，日本钱币计数单位。

② 江户时代住在城市的手艺人和商人。

要在那里玩玩。如果有姑娘对这种无理要求感到气愤，要求回去，老板们就千方百计地说服，姑娘们终于在那种下流欲望的驱使下，和他们做一次露水夫妻。为着对方二钱五金子的寻欢之资，姑娘就把自己拎刀切着卖了，这实在是让人觉得遗憾的事情。当然，若不是穷人家的姑娘，是没人肯做这种事的。

那个做介绍人的花店老板把他事先看中的一百七十多位姑娘挨个带来让老家臣一一过目，但是老头子一个也没有看中，所以他感到十分为难。就在花店老板无计可施的时候，听到有关我的传说，就请木幡村的村民带路，跑到我的住处宇治来了。他很快把我带到了京都，也没容我刻意装扮一下，就穿着那身路上穿的衣服，未加修饰地去见了老家臣。结果他认为我比他江户带来的美人图上的人还出色，就决定不再另找别人。他对我的要求无不应允，进府的事通通说定，这样，我立刻成了大名的贵妇了。

我被带到离宇治十分遥远的武藏，住进浅草的别墅，在那里我们昼夜享乐。我也如那从中国移植来盛开的花一般，根叶无损花开艳丽。有时候把堺町的艺人叫到别墅来，把酒言欢直至天明，我想不出这世上还会有比这更美好快乐的生活。女人毕竟生来水性杨花，对男欢女爱之事无法忘怀，但是大名毕竟老了，再加上武士家规森严，在内宅侍候的女多男少，我便更不知男人兜裆布中是什么味道了。因此心里由衷地希望有个对象能满足自己爱恋的情欲。

总而言之，大名公务繁忙，从早到晚和他身边垂着刘海的侍童亲近狎昵，现在对小妾格外垂青，自然而然对正室就疏远了，这大概也是贵族之家的女子不像市井女子那样醋海波澜的缘故吧，无论身份高低，世上再没有比动不动就醋意大发的女人更难伺候的了。

我虽然是薄命之人，却能有幸得到大名的深情厚爱，所以日夜与他同眠共枕甚是欢愉，然而好景不长，他就开始求助地黄丸了，与他同床没有一次有始有终地满足过。但是这种事情又难以对人启齿，所以我感到无比凄凉，日夜感觉遗憾万分。这期间大名逐渐消瘦，容貌憔悴双眼无神，已是不解风情，并对我无端怀疑。于是大名现在将此归咎于京都女子贪色无度所致，家臣们也独断专行，突然宣布打发我回家，结果又把我送回了宇治。

纵观世间男人似乎生来如此，总是将自己的全部精力用在女人身上，真是可悲至极啊！

圣家族

[日] 崛辰雄

商 倩 译

死亡宛若开启了一个新的季节。

在通往死者家的路上，汽车拥堵的情况愈发严重，再加上道路狭窄，比起前进的时间，每辆车停车等待的时间甚至更长一些。

此时已是三月了。天气依然很冷，但是已经不再是那种令人觉得呼吸困难的寒冷了。不知什么时候起，好事的人群围住了那些汽车，他们想要仔细看清车里的人们，把鼻子都贴在了玻璃窗上，使玻璃窗蒙上了一层白气。与此同时，坐在车里的人们脸上流露出不安，但又挂着一种去参加舞会时特有的微笑，回望着车外的人群。

好事的人们看到在这些玻璃窗中，有个贵妇模样的人紧闭着双眼，头沉沉地靠在汽车靠背上，好像死去了一样，于是人们小声议论着："那个人是谁啊？"

这个人就是名为细木的未亡人。

在漫长的等待过程中，贵妇人从这种假死的状态中苏醒了过来，然后她一边对司机说着什么，一边自己打开车门，从车上走了下来。这时前面的车辆正好开始移动了，贵妇人乘坐的车就把她留在这里，再次启动前进了。

她走进拥挤的人群，就像在海上沉浮的漂流物，在人群中若隐若现。几乎在同时，人们看到一个没戴帽子头发蓬乱的年轻人，扒开人群，朝她走去，然后和善地笑着抓住了她的胳膊——两个人终于从人群中走了出来，细木夫人好像此时才忽然意识到，自己几乎倚靠在了这个陌生年轻人的胳膊上，她抽回胳膊，以一种询问的目光投向他，说："谢谢你。"年轻人觉察到她似乎不记得自己了，稍微有些脸红地说："我是扁理呀!"贵妇人听到他的名字并没能想起什么，然而看到他儒雅的面容，稍稍安心了些，问道："九鬼先生的住处就在附近吧?""是的，就在那边。"年轻人虽然这样回答着，却又好像吃了一惊似的看着她。

细木夫人突然站住了，说："请问，这附近有什么可以休息的地方吗？我忽然有点不舒服……"扁理看见就在前边有家很小的咖啡吧，但是他们进去一看，发现桌子上散发着灰尘的气味，盆栽的树叶已完全变成了灰色。扁理似乎是直到现在才开始考虑细木夫人的心情，但是夫人好像并没有太在意这些。扁理觉得，此时细木夫人也许认为盆栽的叶子之所以会变成灰色，是她自己太过悲痛的缘故吧。

扁理见细木夫人的脸色稍微变好了些，才有些口吃地说道："那个，我，我还有点事情，马上就回来，所以……"然后起身离开了。

屋子里只剩下细木夫人一个人了，她又闭上了双眼，好像已经死去的样子。——那儿嘈杂得就像舞会一样，这是怎么一回事呢？我丝毫不想加入到那些人群中去，还是就这样回去好吧……即便如此，细木夫人还是想等那个年轻人回来。因为她突然想起好像在哪儿见过他一次，而且仔细想来那个年轻人和死去的九鬼在某些地方很像，这种相似勾起了她的回忆。

那是几年前的事情了，那时九鬼带来了一个十五岁的少年，扁理肯定就是那个少年。——那时看到那个快活的少年，她有点儿刁难似的对九鬼说："和你长得很像嘛！不会是你的孩子吧?"九鬼只是一笑，未置可否，但她感觉到九鬼从未像那次一样憎恨自己。

河野扁理的确就是细木夫人回忆起的那个少年。

然而扁理当然不会忘记这位数年前和九鬼一起在轻井泽[1]遇到的

---

① 轻井泽：位于日本长野县东部的城市。

夫人。那时，他十五岁，还只是一个快乐无邪的少年。

直到后来，扁理才想起来，九鬼可能是非常喜欢细木夫人的吧。当时，他只是觉得九鬼打从心里尊敬着夫人，这使得他不知不觉把夫人当作了凛然不可侵犯的偶像。夫人的房间在酒店的二楼，面对着向日葵盛开的内庭，但是夫人的房间几乎每天都紧闭着，他从来没有机会可以进去，所以他总是在向日葵底下仰望着夫人的房间，他觉得这是一件非常神圣美好，而且带有某种梦幻的事情。

后来，那个酒店的房间屡次出现在他的梦里。在梦里，他会飞，所以他可以透过窗户看到房间的里面。在他的梦中，房间的装饰每次都不一样，有时是英国风，有时是巴黎风。

他今年二十岁了，却仍然会做同样的梦，只是似乎比以前多了些伤感，人也因此有些消瘦了。就在刚才，他在人群中，透过车窗看到了车里仿若死人的细木夫人，他一边走着一边不敢相信自己的眼睛，觉得好像是在梦中一样。

由于告别仪式的拥挤使人几乎完全忘记了面对死亡时的悲痛，扁理从告别式上回到了布满尘埃的咖啡厅，在这里他和夫人又重新感受到了这种面对死亡的痛苦。他觉得很难深刻地体会到这些，所以为了更接近这种感情他尽力想要表现出悲痛的样子，只是这是比他自己所能感受到的更深刻的东西，他的悲伤也并没有使他很好地表达出这种情感，所以他显得有些傻气地干站着。

“情况怎么样了?”夫人抬头看着他问道。

他紧张不安地回答说:“哎，还是很混乱。”

“那我就不过去了，还是就这样回去吧……”夫人这么说着，从和服的腰带里拿出一张小小的名片递给扁理，又说:“刚才眼拙没能认出您来，下次有空闲的时候，请您到寒舍来玩吧。”

扁理知道夫人已经记起了自己，又听到夫人这样的邀请，变得更紧张了，赶紧慌慌张张地翻找自己的兜，终于拿出了一张名片，那是九鬼的名片。“我还没有自己的名片，所以……”扁理这样说着，露出孩子般怯生生的微笑，在名片的背面，歪歪扭扭地写上了“河野扁理”这四个字。

细木夫人刚才一直在思考这个年轻人和九鬼究竟哪里如此相似，看到扁理的名片，她终于以她独特的方式发现了他们的相似点——一个宛如展露出九鬼内心的年轻人。

就这样，细木夫人和扁理的偶然相遇，以他们自己都没有预料到的速度，迅速地理解并接受了彼此，而这个看不见的媒介或许就是死亡吧。

河野扁理确实就像细木夫人所发现的那样，在某些地方展露出九鬼的内心。从外貌上来看，他和九鬼几乎没有共同点，甚至可以说正相反，但是正是这种外貌上的对立，让他们精神上的相似点更加引人注目。

九鬼活着的时候，看起来非常喜欢这个少年，也许透过这个少年能够使他快速地发现和理解自己的弱点吧！九鬼是那种为了不让别人看见自己的懦弱，而用讽刺作为表达方式的人，九鬼可以说成功了一半，但是对九鬼来说，他越是隐藏自己的内心就越发难以忍受自己的懦弱。而扁理亲眼目睹着他的这种不幸，虽然他和九鬼有着同样的懦弱，但他的表现却和九鬼恰恰相反，他总是尽力地把这种懦弱表现出来，他又成功了多少呢，这都是后话了。

九鬼的突然死亡，当然给这个年轻人的内心带来了巨大的震动，但是九鬼这种非自然的死亡对扁理而言，却是他很自然就能想到的残酷的方法。

九鬼死后，扁理受其家人所托整理九鬼生前的藏书。每天一进入散发着霉味的书库，他就开始耐心地整理藏书，这份工作好像能缓解他的悲伤。

一天，他在一本旧洋书中发现了一封露出一角的旧书信，他觉得那是女人的笔迹，就无意中扫了一下，但是之后又重新读了一遍，然后就小心翼翼地将信夹回了原处，并且把那本书尽力塞到了藏书最里面。为了记住这本书他又特意看了看书皮，是梅里美的书信集。

过了好一会儿，他一直像口头禅似的反复说着一句话——究竟谁能让对方更痛苦，让我们走着瞧吧……

傍晚扁理回到自己的公寓，他的房间其实很乱，就像他每天整理九鬼书库时很有耐心一样，他也耐心地把自己的房间搞得乱七八糟的。有一天他一进房间，在堆满报纸、杂志、领带、蔷薇和管子的屋子里，发现有个东西像是水洼上浮着的石油，呈现出七彩的虹色。仔细一看，是一个很好看的信封，背面写着细木。看到这个笔迹，使他立刻想起了之前在梅里美书信集中发现的那封信。

他仔细地割开信封，忽然露出了老人一样的微笑，好像他已经知道了一切的样子……——扁理用这种样子来区分开两种微笑——孩子似的微笑和老人似的微笑，也就是面对他人和面对自己的区别。因为有这样的微笑，所以他相信自己的内心是复杂的。

对扁理而言，和细木夫人的第二次见面比之前更让他觉得在意，是因为那段梦的插曲。细木夫人的房间和他的梦完全不一样，装饰非常简单，绝不是英国风，也不是巴黎风，反倒让他莫名其妙地想起来了一等船舱的沙龙，而他偶尔用一种眩晕迷离的眼神看着夫人。但是让扁理感觉到如此不安的，并非只是这里的环境，还有和细木夫人一起回忆故人，为了顺着对方的心情聊天，他不得不尽量考虑超过自己实际年龄的事情。

——扁理觉得，这个人一定还在爱着九鬼，就像九鬼爱着她一样。但是，如果这个女人坚强的心没有伤害他软弱的心的话，他是无法触及这份情感的，就像钻石一旦碰到玻璃必定会使玻璃受伤一样，而且这个女人肯定也会因为自己伤害了他人而感到痛苦……这种想法使扁理不断地想要上升到他的年纪所不能达到的高度。

过了一会儿，他看到一个十七八岁的少女进了客厅。他知道这个少女是夫人的女儿绢子，她还不太像她的母亲，这使扁理总不能对这个少女产生兴趣。他觉得自己现在的心境和一个十七八岁的少女已经相差太远了，比起这个少女的容貌，他发现她的母亲更清新。绢子虽然也有少女特有的敏感，但是她好像还没有察觉扁理心里对她的疏远，她沉默着，并没有加入母亲和扁理的谈话。但是她的母亲马上就发现了这一点，她对女儿微妙的关心使她不能允许事情这样发展下去，于是她一边留意着让自己更像个母亲的样子，一边想要让这两个年轻人更亲近一些，她委婉地和扁理聊起了自己的女儿。

细木夫人说，有一天绢子说她受到同学的邀请，第一次去逛本乡的旧书店，在那里她偶然找到了一本拉斐尔的画集，拿起来一看，发现扉页上印着九鬼的藏书印章，她特别想要那本书……

突然，扁理打断了她的话，说："这可能是我卖的书。"夫人她们都很吃惊地看着他，他又露出了之前特有的无邪的微笑，补充说："这是很早之前九鬼先生送我的，在先生去世前四五天，我实在没有办法只能把它卖了，直到现在还觉得非常后悔……"

扁理自己也不明白，为什么会介意把自己的贫穷在富有的夫人面前说出来，但是这种直白却莫名地让他很满意，自己这番让人意想不到的直白的话语，使夫人她们好像吃了一惊，而他自己反倒很满意地注视着这一切。这样一来，扁理自己也开始对自己孩子般的坦率感到惊讶。

之前细木家仿佛只是他的一个梦，而现在却忽然成为现实，进入到了扁理的生活中。扁理把这种改变混杂着对九鬼的回忆，轻易地扔进了报纸、杂志、领带、蔷薇和管子堆积的杂乱之中。他一点儿也不在意这种杂乱，反倒觉得这才是最适合他的生活方式。有天晚上，他梦到九鬼给了他一本很大的画集，并且指着其中一张问他："你知道这幅画吗?"他注意到那是被他已经卖掉的那本书，于是有些羞愧地回答说："是拉斐尔的圣家族吗?"九鬼说："你再仔细看看。"然后他又重新看了一遍，虽然还是很像拉斐尔的画，但是画中的圣母却像极了细木夫人，画中的婴儿也变成了绢子，他忽然有一种异样的感觉，正想再好好看看其他的天使时，九鬼露出讽刺的微笑说："不明白吗?"

扁理醒了过来，发现在自己的枕边散落着一个似曾相识的漂亮的信封。哎呀，难道还在梦中吗?扁理这么想着，然后赶紧撕开了信封，信中的内容非常明了，写着"请把拉斐尔的画集买回来"，而且里面还夹着一张支票。他躺在床上又闭上了双眼，好像在劝说自己还在梦里。

那天下午，扁理去细木家拜访的时候抱着大大的拉斐尔的画集。"真是，还麻烦你特意拿过来，放在你那里就好。"夫人虽然嘴上这么说着，还是马上接受了，然后坐在藤椅上，静静地一页一页地翻看着画集中的画。突然，夫人一下子将画集拿起来靠近自己的脸，好像在闻书的味道，说道：“总觉得有烟的味道呢！”

扁理一惊，望着夫人，立刻想起了九鬼生前特别喜欢抽烟，而且发现夫人脸色苍白得有些可怕，他想：“这个人的样子有点儿像罪人呢。”

这时，在院子里的绢子叫他：“想来院子看看吗？”他觉得此时让夫人一个人呆一会儿也许正是夫人想要的，于是静静地站起来，跟在绢子后面向院子走去。绢子觉得，扁理跟在自己的身后，越往院子深处走越是别扭，开始变得不会走路了，但她并没有意识到这是由于扁理的关系，而是用少女特有的心思找到了一个单纯的理由，于是她回头看着扁理说：“这一带有野蔷薇，踩到就麻烦了。”其实距离野蔷薇盛开的季节还早，单从叶子来看，扁理分辨不出哪里是野蔷薇。不知从什么时候开始，他走路也开始变得不自然了。

虽然绢子自己还丝毫没有察觉到，但是从与扁理初次见面开始，她已经开始一点一点心动了。也许说从与扁理初次见面开始并不准确，而是应该说在九鬼死去的那一刻开始吧。

虽然绢子已经十七岁了，但是她至今仍然很喜欢在已经过世的父亲的影子下生活。而且她也无法拥有如自己母亲那样的钻石般的美丽，只是仰望并且一直爱慕着母亲的美丽。但是九鬼离世后，她发现自己的母亲是如此悲伤，起初她只是觉得有些意外，但是不知何时起，那种沉睡在她心底的像母亲一样的女性情感，或者也已经慢慢苏醒了。从那时起，她就有了一个秘密。但是，她又不明白那究竟是什么。于是，从那以后她不知不觉地开始用自己母亲的眼光去看待事物，她也开始用自己母亲的视角去看待扁理，更准确地说，是像母亲所见到的那样，从扁理身上看到了九鬼的另一面。

但是她自己，却没有意识到这一切。

其中有一次，扁理在她母亲外出时来访。虽然扁理有些为难，却还是被绢子劝到了客厅坐下，不巧外面开始下雨，所以没能像以前一样去院子走走。两个人虽然面对面坐着，但并没有太多话，所以彼此都在想对方会觉得有些无聊吧，而且自身也感觉到很无聊，就这样两个人一直沉默着坐了很长时间，气氛又怪异又沉闷。但是两个人都没有发觉室内越来越暗，等到扁理察觉到天色已经暗下来了，他很是吃了一惊，然后急忙回去了。扁理走后，绢子不知为何觉得有些头疼，她觉得这是由于和扁理在一起太无聊造成的，其实这是在蔷薇花旁呆得时间过长的缘故。

这种爱情最初的征兆，和绢子一样，在扁理身上也开始表现出来。拜自己杂乱无章的生活方式所赐，扁理把这种征兆错以为是单纯的倦怠，而且把此归咎为女性坚强性格和自己懦弱性格的差异。他想起了“钻石伤害玻璃”原理，觉得自己应该和九鬼一样，在还没有被伤害之前，远离她们为妙。然后他以自己独特的方式对自己说：“虽然九鬼的死亡使自己接近了她们，但是反过来这也使他远离她们。”

在这种令人吃惊的简单的想法下，扁理决定远离她们，重新把自己关在散乱的房间，一个人生活下去。但是这次，在自己封闭的房间里，扁理真的开始感觉到了倦怠，他在真真假假之间产生混乱，但是他能做的只有等待，只能等待在这种混乱之中找到一个救赎自己的信号。

一个信号终于来了，这信号来自他那些迷恋赌场的舞女的朋友们。

有天晚上，扁理和朋友们一起，站在散发着好像厨房臭味的剧场后台的廊下，等待着舞女们。

他很快认识了一个舞女。

那个舞女个子小小的，也并没有多好看，而且一天要跳十几场已经筋疲力尽了。但是，她那种有些自暴自弃却又好似开朗的地方，吸引了扁理的心，他因为喜欢这个舞女也想尽力让自己变得开朗起来。但是这个舞女的开朗，只不过是她拙劣的演技，她其实和扁理一样胆小，不过她的胆小是为了欺骗别人而不是被人欺骗。

她为了夺得扁理的心，和其他所有的男人调情，然后又为了不让他离开自己，和扁理约好又故意让他空等。有一次，扁理想把手搭在舞女的肩膀上，但是她飞快地把他的手从自己的肩膀上拿开了，看着扁理发红的脸，舞女相信自己已经一点一点征服了扁理的心。

这一对谨小慎微的恋人为什么无论何时都能进行得如此顺利呢？

有天，他在公园的喷泉附近等那个舞女，她总也不来，因为习惯了他倒也没觉得多难挨。但是，在等人的时候他忽然想起了另外一个女人——绢子，如果自己现在等的人不是这个舞女而是绢子的话，会怎样呢？但是他马上就意识到自己的这个想法多么荒诞，他觉得这是因为自己想要逃避舞女带给他的痛苦，才胡思乱想出来的。

虽然扁理埋身于自己混乱的生活中，但是一份不断成长起来的纯洁的爱情，已经悄悄地浮出了水面，然而在他还没有发觉的时候又一次沉了下去……

说到绢子，在扁理远离她们生活的时候，最初她是以一种轻松的心情来欢送，但是超过了一定的限度后，他的离开却反过来开始折磨她，使她痛苦。但是，要她承认这是对扁理的爱情，对于少女之心来说又过于生硬了。

细木夫人觉得扁理的这种远离，是因为自己没有给他来访的机会，是自己的过失。但是对夫人来说，和扁理的见面，痛苦远多于快乐，随着九鬼离世的日子越来越久，她想要的仅仅是平静，所以虽然看到扁理渐渐远离她们，她也没有阻拦。

有天早上，细木夫人和绢子两个人在公园洗车。

在喷泉附近，她们俩几乎是同时看到了扁理和一个小个子女人走在一起，那个小个子女人穿一件黄黑条纹的外套，好像很开心地笑着，而扁理若有所思地低头走着。

“啊……”绢子在车里忽然发出微弱的声音，与此同时，她觉得自己的母亲可能没有发现扁理，于是装作没有看见的样子，说：“眼睛里好像进了个东西……”

夫人本也不想绢子看见扁理他们，所以她觉得绢子可能真的眼睛里进东西了因而没有看见他们。“我也吓了一跳呢……”夫人说道，将自己变得稍微苍白的脸扭向一边。

但是这份沉默却在两个人中持续了很长时间。

之后，绢子一个人去了街上散步，她觉得自己心里的郁闷是运动不足引起的，所以这种离开母亲想要独处的心情，或者也许散步时又会遇到扁理的想法，对绢子来说，是她无论如何不会承认的。

她就像一个笨拙的摄影师，把刚才看到的扁理和那个女人的图像修剪了一下，在她的照片中，那个小个子的女人和她一样，是上流社会中高傲娇贵的千金小姐。

她体会到了面对扁理他们时那种难以言明的苦涩，事实上这是她因扁理而对那个女人产生的嫉妒，当然，她自己并没有察觉到。之所以会这样，是因为只要她看到和扁理他们年纪相仿的情侣，不管他们是谁，她都会感受到相同的苦涩，所以她认为这是面对世间一般情侣时都会有的苦涩。——事实上，不管她看到哪对情侣都会想到扁理他们。

她一边走着，一边注视着橱窗中自己的身影，不断将自己与身边擦肩而过的情侣作比较，偶尔在玻璃中她的脸还会发生奇怪的扭曲，她觉得这是玻璃镜的错。

有一天，绢子散步归来，在玄关发现了令她感到熟悉的男子的帽子和鞋子。虽然她想不起来这究竟是谁的，但是这使她有点儿不安。

“是谁来着。”她一边这样想着，一边走进客厅去看，里面传来了破吉他一样的声音，这是一个叫斯波的男子的声音。关于斯波这个人——绢子想起以前扁理说过这样的话，“那家伙就像是朵壁花，对呢，在舞会上从来不跳舞就跟粘在墙上似的，这种家伙大有人在，英语里就把这种人叫作 Wall Flower，斯波的人生就完全是这样啊！”就这样，她无意中开始想起了扁理。

她走进客厅，斯波急忙不说话了。然后，斯波马上又用他那破吉他一样的声音，向绢子说道：“我们在说扁理那小子的坏话呢！那小子最近真是无可救药啊！竟然勾搭上了一个无聊的舞女……”

“呵呵，是吗?”绢子听到后轻轻笑起来，而且是非常开朗地笑了起来，她也觉得自己很久没有露出这样的笑容了。

“让沉睡已久的蔷薇盛开，只要一句话就足够了。”这是舞女的一句话。——她想着，和扁理在一起的人原来是这样的啊，她原本还以为是和自己一样身份的人，觉得只有那样的人才配得上扁理呢！原来是这样啊，也许扁理肯定是不爱她的吧，他爱的果然还是我吧，只是他觉得我不爱他，所以才远离我们的吧！他肯定为了麻痹自己才和那个舞女一起生活的吧，那个人和他根本不般配啊……这是少女似的傲慢理论。但是大部分情况下，少女是不会把自己的感情也计算在内的，绢子亦是如此。

有时候虽然门铃没响却觉得听到了什么声音，赶忙跑到玄门去看，有时候又觉得门铃可能坏了所以才不响了，绢子就一直这样反反复复地想着，好像在等待着什么。“我是在等扁理吗？”有时这个想法会不经意地出现在她脑海中，然而又很快从她内心表面滑过了。

有天晚上，门铃响了。虽然知道来访的是扁理，对绢子来说，从自己的房间走出去却不是件容易的事。

绢子终于走进了客厅。扁理在客厅，没戴帽子，头发乱蓬蓬的，脸色苍白，细心地关注着她过来的方向，却没有回头去看她。

细木夫人看着眼前的扁理，从手里端着的碟子中摘下一粒葡萄，然后小心地放入口中。夫人从扁理邋遢散漫的样子中，突然想起了九鬼告别式那天在路上遇见他的时候，又不禁想到了从那以后发生的各种各样的事情，但是她还是尽力让自己不去想这些，只是更小心地活动着自己的手指。

突然，扁理说：“我，想要出去旅行一段时间……”

“去哪儿呢？”夫人将目光从葡萄碟子上移开，看着他。

“具体的地方还没有确定……”

“去很久吗？”

“嗯，一年左右……”

夫人忽然怀疑他是不是要和那个舞女一起去，问道：“不觉得孤单吗？”

“这个嘛……”扁理漫不经心地回答了一句，就没再说什么。

绢子一直没有说话，只是热情地看着他，好像要给扁理画肖像画似的。她的母亲想从扁理没有梳理的头发，不合适的领带和不好的脸色中找出舞女的痕迹，但是绢子在扁理的身上却只看到了一个青年因深爱着自己而痛苦的样子。

扁理回去后，绢子回到自己的房间，不由自主地闭上了眼睛。因为刚才对扁理那条红色条纹的领带看得太久，她觉得眼睛都疼了。但是在她紧闭的双眼中，总是浮现出红色条纹状的东西……

扁理出发了。

都市远去了，但是随着它越来越远，扁理脑海中却越来越清晰地浮现出在他离开前见到的那张脸。一张少女的脸，一张像拉斐尔笔下圣洁的天使的脸，一张比实物大十倍的神秘的脸。而且这张脸庞从周围的一切中独立出来，越来越大，而其他的东西都在他的眼中暗淡下去……

扁理闭上了双眼，想着真正爱我的是这个人吧，但是都无所谓了，此时此刻他已经累了，伤透了，绝望了。扁理，这个混乱生活的牺牲者直到今天也丝毫未能发现自己的真心，而且不加思考地为了远离自己真正喜欢的人，去和别的女人一起生活，并且为了那个女人把自己搞得不知所措、疲惫不堪。

他究竟要抵达哪儿呢，又要去哪儿呢？

火车在一个车站停车的时候，他突然慌慌张张地跳下了车。

那是一个让人想到某种药品名字的海滨城市。

这个连皮箱都没拿的可怜的旅行者，出了车站就立刻在这个陌生的城市漫无目的地走着。但是他走着走着，忽然涌现出一种异样的感觉，路人的面孔，被风吹起的令人不快的传单，写在墙上的让人觉得很不舒服的涂鸦，还有电线上粘着的纸屑，这些都强烈地刺激着他，让他有种不祥的感觉。扁理进了一个小旅馆，一个陌生的房间，和所有的旅馆房间都一样，但是却让他好像想起来什么似的，顷刻间痛苦折磨着他。他很累很困，感觉种种异样的感觉或许都是由于疲惫和困倦引起的，于是他睡了一会儿。

等他醒过来的时候，天色已经暗下来了，从窗户吹来的略带潮湿的风告诉他，他身处在一个陌生的城市。他起床，再次出了旅馆，然后走到了刚才走过的那条街，那时产生的困惑感丝毫没有减退，他像只小狗一样追寻着这感觉而来。

忽然有个想法浮现在扁理的脑海，似乎让他解开了所有的谜团，从刚才开始就让自己觉得痛苦的，难道不是死亡的暗号吗？路人的面孔、传单、涂鸦、纸屑这些东西，不正是死亡留给他的暗号吗？不管去哪儿，这个城市都牢牢地粘着死亡的记号——对他而言，那同时也是九鬼的影子。不知为何，他忽然觉得九鬼数年前也曾到过这个城市，和现在的自己一样漫步街头无人所知，也感受着和现在的自己一样的痛苦。

扁理终于明白了，已经死去的九鬼其实一直活在自己的内心深处，至今仍然强有力地支配着自己，而没有觉察到这一点正是他自己生活混乱的原因。所以他就这样远离了一切，时远时近地感受着这唯一的死亡鲜活地生存在他的心里，在这个陌生的城市毫无目的地漫步，对扁理而言，是一次难以言表的愉快的休息。

直到大量散发着浓郁香气的漂浮物围住了扁理，他才忽然意识到自己在昏暗的海边傻乎乎地干站着。脚下散乱的贝壳海藻和死去的小鱼，让他想起了自己混乱的生活。在这些漂浮物中，还混杂着一只小狗的残骸，好像故意使坏似的不时地用白色的牙齿啃咬着波浪，翻着身，扁理一动不动地盯着，感受到了自己的心脏在生机勃勃地跳动着。

扁理走后，绢子就病了。

然后有一天，她终于开始明白了自己对扁理的爱。她躺在床上，脸色像床单一样苍白，翻来覆去地思考着这些问题。自己为什么会这样啊！为什么我总是在那个人面前摆脸色呢！这一定使他很痛苦吧！他肯定是因为这样才远离我们的！那个人明明始终都很在意他自身的贫穷啊……（这些想法让少女一下就脸红了。）也许那个人不想让我的母亲觉得他是在诱惑自己，但是他害怕她却是千真万确的，这样一来让他离开我们的人是妈妈，并不仅仅是我的错，也许一切都是妈妈的错吧……少女毫无头绪地自言自语着，不知什么时候开始，她的脸上浮现出了与十七岁少女不相称的愁容。事实上这是她在跟自己生气，但是她自己却误认为这是她对母亲的不满……

“我可以进来吗？”这时，门外传来了母亲的声音。

“可以。”

绢子见母亲进来，猛地将自己生气的脸扭向墙。细木夫人见她这样，以为她只是为了隐藏眼泪，然后小心翼翼地说：“扁理来明信片了。”夫人的话使绢子扭过脸来，这次却是夫人背过脸去了。一此时，夫人已经尽失年轻，她一直在想，自己的女儿为什么离自己越来越远了呢，有时候她觉得自己的女儿就像是一个完全陌生的少女，而且现在她就有这种感觉……

绢子看着扁理用铅笔写在海景明信片背面的神经质般的字，上面写着他很喜欢那片海岸决定在那里住一段时间。绢子从明信片移开，猛地将她愤怒的脸转向母亲，冷不丁地说：“扁理不会是死了吧?”

在那一瞬间，细木夫人对这个盯着自己的少女感到如此陌生，对她如此可怕的眼神感到吃惊。但是，这个少女的眼神却让夫人想起自己在这个年纪的时候，面对自己心爱的人总是不由自主地要表现骄傲，也曾有过这样可怕的眼神。想到这里，夫人开始意识到这个少女和那时的自己是如此相似，而这个少女正是自己的女儿。夫人轻轻地叹了口气——女儿爱上谁了，正如自己曾经爱上那个人一样，而且这个人肯定是扁理……

但是下一个瞬间，细木夫人觉得长眠在自己体内的女人的情感又再次苏醒了，就像她痛苦的样子唤起了绢子心中沉睡的女性情感一样，这次似乎是这种心理作用的反作用吧。这种新鲜的感觉让夫人觉得，自己仿佛和绢子一样爱上了扁理似的……

两个人就这么沉默了一会儿，就在绢子误以为母亲是在肯定自己刚才的想法时，细木夫人终于恢复了自己作为母亲的责任，脸上浮现出自信的微笑，回答说：“没有那回事的！这也许是扁理在悼念九鬼先生吧，说不定这样一来反倒能够挽救他自己啊!”

从与扁理的初次见面开始，她就看穿了他的不幸，在他的生命中交织着九鬼死亡的影子，这使他必须通过死亡才能真正明白生存的意义，而这种敏锐的直觉现在再次向她袭来，为了使绢子理解扁理的不幸，她需要像刚才自己说的那样，用这种简单的道理告诉绢子就可以了。

“是这样啊……”绢了回答道，她仍然用一种痛苦的表情盯着自己沧桑庄严的母亲，但是绢子的眼神让人觉得越来越像旧画中仰望着圣母的幼儿。

蒙庞西埃王妃

［法］拉法耶夫人

孙　展译

查理九世统治时期，内战使得整个法兰西四分五裂。然而在这一片混乱之中，爱情依旧稳居其位并在它的帝国中惹起诸多纷乱。梅启埃侯爵的独生女继承了他的巨额家产，同时又出身名门望族，被许配给吉斯公爵的弟弟曼恩公爵。也正是从那时候起，吉斯公爵被人们称作“刀疤脸”。这位富有的继承者实在太年轻了，所以她推延了自己的婚期。这时，她那倾城的美艳已初露端倪，吉斯公爵因为经常能见到她，渐渐地爱上了她，而她也中意于他。他们小心翼翼地隐藏着彼此的爱情。那时的吉斯公爵尚未野心勃勃，他疯狂地想娶她为妻。但是他对充当其父亲的洛林红衣主教的畏惧使得他不敢明示心迹。情况就是这样。而此时，波旁家族眼看着吉斯公爵的权位蒸蒸日上，非常嫉妒。他们察觉到这门婚事可能带来的好处，于是决定阻止吉斯公爵，并让这位继承人与年轻的蒙庞西埃亲王结婚。他们竭尽全力试图促成此事，梅启埃小姐的父母也终于不顾他们曾答应洛林红衣主教的事，而决意把她嫁给这位年轻的亲王。吉斯家族上下对此事大为震惊。吉斯公爵更觉得痛不欲生，他由爱生恨，觉得梅启埃小姐的食言仿若不可容忍的羞辱。吉斯公爵很快就怒不可遏。他的叔叔们觉得事已至此，不想再固执，而吉斯公爵却不顾洛林主教和奥马尔公爵的训斥，甚至当着年轻的蒙庞西埃亲王的面大发雷霆，从此他们便结下了至死方休的仇。

梅启埃小姐整天被父母纠缠着，要她嫁给蒙庞西埃亲王，而她看出自己不可能嫁给吉斯公爵，并且从道德的出发点考虑，明白如果要把一个自己想与之结婚的男人作为夫兄是件很危险的事。最终，她决定遵从父母的意愿，并且祈求吉斯公爵不要再阻碍她的婚姻，就这样，她和蒙庞西埃亲王结婚了。不久以后，为了离开巴黎——那个可能所有战争努力都无法保全的地方，亲王带她去了尚皮尼，这是蒙庞西埃家族的亲王们日常居住的地方。这座偌大的城市曾被胡格诺派武装包围，胡格诺派的首领是孔代亲王，他刚刚发动了第二次叛乱。

蒙庞西埃亲王非常年轻的时候就和沙伯纳伯爵非常亲密。沙伯纳伯爵比他年长很多并且才智过人。这位伯爵对亲王的器重与信任心怀感激，甚至不顾他对孔代亲王的承诺而公开宣布支持天主教派。孔代亲王曾在胡格诺派中对他予以重任，但伯爵无法狠心对抗一个对他来说如此珍贵的人。这个派系变动的发生毫无其他原因，不禁使人怀疑它的真实性。梅迪思太后对此难以相信，以至于胡格诺派宣布逆反之时她还想逮捕沙伯纳伯爵。但是蒙庞西埃亲王保护了他，还把他和自己的妻子一同带到尚皮尼。伯爵性情温和又讨人喜欢，很快他就得到了蒙庞西埃王妃的赞赏。紧接着，王妃对他的信任和友爱就不亚于对她的丈夫了。沙伯纳非常欣赏王妃的美丽、思想和德行。为了培养她一种与众不同的气质并使她不负出身之盛名，他凭借友谊之名，在很短的时间内就使她成为了世界上最完美的人之一。

战争仍在继续，亲王被召回宫。伯爵仍独自陪着王妃，仍对她的身份与才华保持着尊重和友善。他们之间的信任日益深厚，王妃甚至把自己曾经对吉斯公爵的爱慕之情也告诉了他。但是，她也告诉他，这爱慕之情早已消失殆尽，在她心中所剩无几。而这仅存的一点，却成为她拒绝其他人进驻心房的盾牌。并且，道德和这残存的余念使她对那些敢于爱慕她的人只有轻蔑。伯爵了解这位年轻的王妃的忠诚，并且亲眼见到过她对那些献殷勤的人是多么反感，因此毫不怀疑她所说的话。

但从那以后，她那每日都近在咫尺的魅力却让他情不自禁。他疯狂地爱上了王妃。尽管他觉得放任这种感情滋长是可耻的，但他还是用前所未有的简单真挚而又热烈粗暴的热情深爱着她。虽然他无法控制自己的心，但他可以控制自己的行为。这一情感心灵上的变化，一丝一毫都没有表现出来，没有人怀疑他的爱情。整整一年的时间，他都小心翼翼地隐藏着自己对王妃的感情，而且他相信自己会永远把它深埋心底。但是爱情对每个人来说都是平等的，他也想吐露心声。在进行了反反复复的心理斗争之后，他终于鼓起勇气向她表白了心意，并准备好承受她那盛气凌人的风暴。但是，她却无比镇定自若、冷如冰霜，这比他准备好迎接的暴怒更糟千万倍。她根本对此不屑一顾，她只用寥寥数语提醒他注意他们的身份和年龄差异，他应早已了解她的贞节和她曾对吉斯公爵的爱恋，还提醒他尤其不该辜负她丈夫对他的友谊和信任。

伯爵羞愧、痛苦难当，恨不得能死在她脚下。她试图安慰他，向他保证她会忘记他刚刚对她说过的话，她不会相信这样有损他人格的事情曾经发生过，并且她会永远把他当作最好的朋友。这些保证正如我们所想的那样，让伯爵得到些许宽慰，但是他也感觉到她的每句话都透着轻蔑。

第二天，当他又见到王妃时，她像往常一样坦然，这让他更加痛苦不堪。王妃待他一如寻常，像往常一样友善地和他相处。当他们聊天的时候，她又和他提起她对吉斯公爵的爱情。这时候，这位公爵正声名鹊起，越来越多的人知道他和他的高贵品德。她承认这让她很高兴，她很欣喜自己曾经的感情没有错付。所有这些他曾经倍感珍贵的信任，现在对他来说都是无法承受的刺激。但是，他却不敢表现出来，尽管他敢偶尔让王妃回想起他曾经放肆的表白。两年之后，战争结束，和平到来。蒙庞西埃亲王荣耀归来，他曾在巴黎包围战和圣丹尼战役中大显身手。他为王妃如此完美无缺的美丽所震撼。但是嫉妒的本能让他感到一丝伤感，他预感到不止他一个人觉得王妃美若天仙。

和沙伯纳伯爵的重逢让他非常高兴，他们的友谊丝毫不减。他悄悄地向伯爵询问他妻子的精神状态和喜怒哀乐。他们在一起的时间太少了，王妃对于他来说几乎完全是一个陌生人。而伯爵也非常真诚，仿佛他从未动心过一般，向亲王讲述他所知道的关于这位让他痴迷的王妃的一切。他还告诉王妃怎样俘获她丈夫的心和赢得他的欣赏。热烈的爱让伯爵自然而然一心只为王妃能更幸福、更荣耀，他甚至几乎忘却了，作为一个情人，他应该为了私心而尽量破坏他所爱之人和她丈夫的关系。

和平转瞬即逝，国王计划逮捕驻扎在努瓦耶的孔代亲王和沙迪龙上校，消息走漏了风声，双方重新备战，战火重燃。蒙庞西埃亲王不得不再度离开他的妻子，奔赴沙场。而沙伯纳伯爵因为已得到了皇后的信任，也随赴皇宫。离开王妃这件事并没有使伯爵极度伤痛，而王妃因为担心战争威胁她丈夫安危而倍感忧伤。

胡格诺派的首领们退回到拉罗歇尔。普瓦图和圣冬日已投降敌部，战事紧张，国王召集了各路部队。国王的兄弟安茹公爵，自亨利三世以来就战功赫赫，特别是在加纳克战役中，剿灭了孔代亲王。也正是在这场战役中，吉斯公爵开始被委以重任，他的表现出色得远远超乎人们预料。蒙庞西埃亲王非常仇视他，把他当作自己和家族的敌人，看到吉斯公爵满载荣耀，而安茹公爵又和他十分友好，不禁心生芥蒂。

在经历了一系列的小战役后，战争双方都很疲惫。他们达成协议，停战解散一段时间。安茹公爵和吉斯公爵一起继续驻守洛什，守卫所有可能受到攻击的地区。蒙庞西埃公爵在沙伯纳伯爵的陪伴下返回离得不远的尚皮尼。

安茹公爵经常到他所辖的地区视察。有一天，他从一条随从们不太熟悉的路返回洛什，吉斯公爵自称认识这条路，便走在前面充当向导。但是不一会儿，他却迷了路，带着大家走到了一条他自己都不认识的小河。安茹公爵因为他带错了路而责怪他。他们都停在河边，两位亲王平日就喜欢寻欢作乐。这时，他们看见河中心有一条小船。因为河不太宽，他们欣喜地发现船里坐着三四个女人。其中一个女人，穿着考究，美貌超群，正专心地看着她身后两个男人钓鱼。这个奇遇让两位亲王以及他们的随从都非常激动，觉得好像小说里的情节一样。一些随从说吉斯公爵是故意带他们来这儿瞧瞧这个美人儿的，另一些说这是命中注定的缘分，他们应该在一起。而安茹公爵却坚持自己才应该是她的恋人。

最后，他们决定将奇遇进行到底，他们让随从们骑马入河，一直进到不能再进才停下来，冲着那位夫人喊话：“这位是安茹公爵，公爵想要过河，可否借船一用。”这位夫人就是蒙庞西埃王妃，她听说是安茹公爵，看到河边站着众多随从，便没有怀疑，命人将船靠岸。公爵与众不同的气质让王妃一眼就认出他来，但是她最先认出来的还是吉斯公爵。

吉斯公爵的注视让她一时慌乱了心神，不由得飞红了脸颊，这却让两位公爵更觉得她美若天仙。尽管已经三年没见，吉斯公爵还是一眼就认出了她，她出落得更加漂亮了。吉斯公爵告诉安茹公爵她的身份，安茹公爵知道后为自己刚才的心猿意马感到羞愧。但是他看见蒙庞西埃夫人如此美丽，而这次奇遇又让他如此心潮澎湃，他决定索性一不做二不休。他向王妃百般道歉、各种奉承，然后他想出一个名由，他声称要过河去，然后顺理成章地接受了王妃的帮助。

他和吉斯公爵独自上了船，命令随从们从别的地方过河，然后在尚皮尼会合。蒙庞西埃夫人告诉他们那距离不过二古里。一上船，安茹公爵就问王妃，他们怎么这么巧能有此奇遇，还问她刚刚在河中间做什么来着。王妃告诉他，她本来跟她的丈夫——蒙庞西埃亲王一起离开尚皮尼，打算去打猎。但是她太累了，于是她来到河边，想看看渔网里捉到的鲑鱼。

吉斯公爵一言不发，但是心中曾经因她而生的那种感情又重燃了。他觉得他很难从这种感情纠葛中解脱了。他们很快就到了岸边，王妃的马和随从都等候在那里。安茹公爵和吉斯公爵帮助王妃上了马，她在马上格外优雅。一路上，她和他们谈笑风生，她的内在魅力带给他们的震撼不亚于她的美貌。而他们的惊叹赞美之情则溢于言表。王妃谦逊地应对他们的恭维，但是对吉斯公爵更为冷淡一些，因为她想以一种骄傲的姿态面对他，以使他断了破镜重圆的念头。

到了尚皮尼的第一座庄园的时候，他们遇到了刚刚打猎回来的蒙庞西埃亲王。亲王看到他的妻子旁边跟着两个陌生男人，非常惊讶。

但是当他走近一些后，他认出居然是安茹公爵和吉斯公爵，他更加吃惊了。对于吉斯公爵的恨意以及本能的嫉妒让他看见这两个男人和自己妻子在一起时非常不爽。他不明白他们几个怎么遇见的，也不知道他们来自己家干什么，难抑心中郁愤。然而他却欺骗自己说，这种情绪完全是因为担心自己不能恰如其分地接待这位如此重要的亲王。沙伯纳伯爵看到吉斯公爵站在王妃身边，比蒙庞西埃公爵还要难过。他觉得这个让他们重逢的偶遇是个不好的兆头，他的直觉告诉他故事不会就这么轻易结束。

当天晚上，蒙庞西埃王妃兴高采烈地在家里举行了欢迎仪式，就像她做所有事一样兴致勃勃。客人们都被她感染，好不尽兴。安茹公爵玉树临风、风流倜傥，他看着眼前这绝世珍宝一样的美人，心中蠢蠢欲动。

他和吉斯公爵一样，总是佯装有重要的事情要办，在尚皮尼呆了两天。他们根本没有必要在那里多作停留，蒙庞西埃公爵也根本不强留他们，他们俩不过是因为被蒙庞西埃王妃的魅力迷住了眼，绊住了脚。

吉斯公爵临走前暗示蒙庞西埃王妃他对她的感情依旧如故。更由于没有人知道他的爱意，他屡次当着众人的面说他的心从未改变，而个中意思，只有王妃才听得明白。

吉斯公爵和安茹公爵满怀遗憾、恋恋不舍地离开了尚皮尼。两个人一路上一直沉默寡言。走着走着，安茹公爵突然想到，王妃让他着迷当然也会让吉斯公爵着迷。于是，他突然问吉斯公爵，是不是在对蒙庞西埃王妃的美貌想入非非。这个问题突如其来，加之吉斯公爵早已察觉安茹公爵的心意，他看出安茹公爵肯定迟早会成为他的情敌，他也明白必须不能让他知道自己的心思。为了消除他的疑虑，他笑着回答说，他看出来安茹公爵在忙着想念王妃的美貌，所以才没有打扰，而且蒙庞西埃王妃的美丽对他来说一点儿都不新鲜，因为在她被许配给他弟弟的时候他就已经习惯了，但是他知道不是所有人都像他这样不为所动。

安茹公爵向他承认，他从来没有见到过能跟她媲美的人，他觉得如果经常见到她，一定很危险。他想要吉斯公爵承认他也有同样感觉，但是吉斯公爵打算严肃对待自己的感情，所以死活不承认。

两位公爵回到了洛什，他们经常会谈起和蒙庞西埃王妃偶遇的这次奇妙旅程，并乐在其中。而在尚皮尼，这却并不是一个愉快的话题。

蒙庞西埃亲王对那两天发生的一切都颇为不满，却又开不了口。他非常不高兴王妃怎么会在那条船里，他觉得她接待两位公爵时太过热情。而最让他不快的，是他注意到吉斯公爵总是全神贯注地望着她。从此，他就产生了格外强烈的妒忌心，他想起了他们结婚时吉斯公爵表现出来的暴怒，他不禁怀疑是不是从那时起他就爱上了她。亲王所有这些情绪，难过也好，怀疑也好，都让蒙庞西埃王妃的日子不好过。

沙伯纳伯爵依旧小心地使王妃和亲王不至于决裂，他想以此来证明他对王妃的爱是多么真诚和无私。但他忍不住询问王妃，当她看到吉斯公爵的时候是什么感觉。王妃告诉他，她想起自己曾经对他表示过爱意就觉得很羞愧；他比以前更优秀了，他还向她表示他依旧爱着她。但是同时，王妃也跟伯爵保证，无论什么也不能动摇她不想再牵连其中的决心。沙伯纳伯爵听到这话很高兴，但是谁也不能保证吉斯公爵不动心思。伯爵说，他非常担心王妃的初恋之情死灰复燃，如果有一天王妃改变了心意，他会为她和自己都感到伤心欲绝。王妃对待他的态度依旧如故，对他的爱意只字不提，并一直只把他当作世界上最好的朋友，而不愿意把他当情人一样提防。

军队重新集结，各位亲王归队。蒙庞西埃亲王觉得让妻子到巴黎去比较好，免得离战场太近。胡格诺派包围了普瓦捷，吉斯公爵奉命守城，所向披靡，他这一战立下的军功就足以使一个人荣耀显达。紧接着，蒙孔图战役打响了。安茹公爵在圣-让-安吉利一战之后就病倒了，旋即离开了军队。这也许是因为他病势过重，也许是因为他贪图巴黎的舒适和安逸，蒙庞西埃王妃在那儿也是吸引他的一个重要理由。不久之后，战争结束，部队人马都重返巴黎。蒙庞西埃王妃的美丽让其他所有人都黯然失色，她的美貌和才思使她万众瞩目。安茹公爵还没有改变他在尚皮尼时对王妃怀有的心意。他小心翼翼地向王妃透露自己的爱意，同时又不敢表现得太明显，以防激起她丈夫的嫉恨。吉斯公爵一发不可收拾地陷入爱河，但是出于许多原因，他还是不想公开自己的感情。他决定先向王妃表白心迹，以免其他的开场方式会引得人们的流言蜚语。有一天，在王后宫里，王后正在跟洛林红衣主教交谈，蒙庞西埃王妃来了。正好那时人很少，吉斯公爵决定趁这时跟她说说话，于是向她走去。

“夫人，”他说，“接下来我所说的话将会使您惊讶和不悦。我想说的是，我曾经对您的深情依旧如故，当我与您重逢的时候，这种感情有增无减。无论是您的冷漠严酷，还是蒙庞西埃亲王的忌恨，或是王国首席亲王的竞争，都一分一秒不曾削减它。也许实际行动比花言巧语更有力，但是夫人，我的行动也会让其他人都知道我的心意，而我只希望您一个人了解我是不顾一切地爱着您。”

王妃对于他的话首先感到的是惊讶和慌乱，措手不及得都没有打断他。而后，她回过神来，正准备回答他，蒙庞西埃亲王却恰好进来了。王妃慌慌张张，神情激动，她的丈夫看到她这副模样，让他对他们的对话浮想联翩，甚至比公爵说的内容多得多。这时，王后出来了，公爵为了平息亲王的愤怒退下了。当天晚上，王妃看到她丈夫的脸色非常不好看。他对她大发雷霆，禁止她再跟吉斯公爵说话。她很难过地回到自己房中，今天白天发生的事情一直萦绕脑海。第二天，她在王后那里再次见到了吉斯公爵，但是他没有走上来跟她说话，而是在她离开后旋即跟着出去了。他想要她明白，如果她不在那里，他也无事可做。接下来的日子里，公爵没有一天不千方百计地向王妃暗示自己的爱，但他并没有设法和她讲话，除非是四下无人的时候。而王妃呢，尽管在尚皮尼的时候她信誓旦旦地下定了决心，但是她还是开始为这如火热情而动摇，内心深处一些似曾相识的东西又开始浮现了。

安茹公爵也从未忘记在所有能看到王妃的地方对她示好。她到哪里他跟到哪里——王后宫里、他母亲那里。而公主——他的姐姐对他这种行为严加斥责，随便换谁，那热情也早被浇灭了。而这时候，人们发现这位已经快要成为纳瓦拉王后的公主对吉斯公爵萌生爱意，这感情因为安茹公爵对吉斯公爵的冷淡而备受瞩目。蒙庞西埃王妃得知这一消息后，不再漠不关心，她发现自己比她想象得更关心吉斯公爵。王妃的公公蒙庞西埃先生娶了吉斯公爵的妹妹——吉斯小姐，所以王妃不得不在举行婚礼的地方经常见到公爵。蒙庞西埃王妃不能忍受一个全法兰西人民都认为他喜欢纳瓦拉王后的男人斗胆说喜欢她。她觉得自己被冒犯了，而且对于自己的动摇恼羞成怒。有一天，吉斯公爵在姐姐那儿见到了王妃，她正好远离众人，于是他想过去对她倾诉衷肠。而王妃断然打断了他，十分生气地对他说："我不明白一个带着十三岁小孩身上缺点的人怎么敢对我这样的人说爱我，特别是这个人王宫上下都知道他钟情的另有他人。"

吉斯公爵很聪明，而且深陷热恋，他一听就明白了王妃所说的话的意思，他恭敬地回答说："我承认，夫人，我没有蔑视做国王的妹夫，而让您对我的真心有了片刻的疑虑，这件事我做得不对。但是如果您恕我分辨，我一定向您解释清楚。"

蒙庞西埃王妃没有作答，但是也没有走开。吉斯公爵知道，正如他所愿，她默许他辩解。于是，他告诉她，他并没有苦心博取夫人的欢心，是夫人主动的。他对夫人毫无感觉，对于夫人的盛情也是冷漠回应，然而夫人却想能嫁给他。如果这婚事实现了，也不过是强迫他担负起更多义务。他的冷淡让国王和安茹公爵都起了疑心，但是他们俩的反对都不能阻拦他的心愿。但是，如果这心愿让她有丝毫不快，他将立即放弃，永生不再幻想。吉斯公爵为她所做出的牺牲让王妃忘记了自己刚刚和他说话时的愤怒和严厉。她话锋一转，开始和他谈论夫人爱上他是多么错误的行为，以及他如果娶了她，将获得巨额财产。

最后，虽然她一句好话也没说，但是，他还是感受到从前在梅启埃小姐身上感受到的那种千娇百媚。尽管他们已经很久没有交谈了，但是他们在一起仍然默契惬意，他们的心重归旧路。他们结束了谈话，吉斯公爵感觉心旷神怡。而王妃得知了公爵的真心，也心花怒放。但是当她回到自己房间以后，她想起这事，发现自己如此轻易就相信了吉斯公爵的借口，倍感羞耻。她这是自寻死路，自己让自己陷入她曾经那么排斥和厌恶的事情中去，而且她丈夫如果知道了，他的妒忌和愤恨将使她坠入万劫不复的痛苦中。这些考虑让她又重新痛下决心，但是第二天，当她看见吉斯公爵的时候，这些决心又都烟消云散了。他把夫人和他之间发生的事原原本本地告诉她，他们两个家族的新联姻让他俩有很多机会见面交谈。不过，为了安抚她对夫人的美貌的妒忌，他花费了不少口舌。除此之外，他却没有许她任何可以让她安心的诺言。这种嫉妒让她的心还留有最后一道防线，而吉斯公爵的浓情蜜意早已攻占了她心中大部分不设防的领地。

国王和马克西米连皇帝的女儿结婚了，宫中上下都洋溢着节日般的喜庆和欢乐。国王在宫中举办舞会，所有的王妃、公主都参加了，那位夫人也在其中。蒙庞西埃王妃是唯一一个可以和她媲美的人。安茹公爵、吉斯公爵和其他四个人一起出场了，他们扮作摩尔人表演。他们的穿着打扮一模一样，就像所有演这个剧的人习惯装扮的那样。舞会一开始的时候，吉斯公爵还没有上台表演，他没有戴面具，从王妃身边走过的时候，跟她说了几句话。王妃看见自己丈夫在旁边正盯着她，非常局促不安。过了一会儿，她看见一个戴着面具，扮成摩尔人的人向她走过来，她更加不安了。那其实是穿戴一模一样的安茹公爵，但她以为还是吉斯公爵，于是她凑过去说："我命令您今晚只许看夫人一个人，我一点都不嫉妒。因为有人在盯着我们呢，别离我太近。"说完，她立即离开了，留下安茹公爵一个人杵在那儿像被雷劈了似的。他立刻明白了他有另一个情敌。从"夫人"这个称呼，他明白了这个情敌不是别人，就是吉斯公爵。他确信她的姐姐不过就是让王妃倾心于他这个情敌的牺牲品。

嫉妒、怨恨和愤怒加深了他之前对他的积怨，他怒火中烧，愤不欲生。若不是天生善于掩饰，他早就立即用刀光剑影来宣泄自己的绝望了。但此时，考虑到众多原因和现实情况，他不能做出对抗吉斯公爵的事。但是他却不能放过这一消遣他的好机会，他要让他知道他已经了解了他的地下恋情，于是他离开舞厅，走到吉斯公爵身旁。"这太过分了，"他说，"你竟敢吃着碗里瞧着锅里，一面觊觎我的姐姐，一面夺走我的心上人。顾忌到国王，我今天不跟你计较，但是你给我记着，如果哪天我要你为你的放肆而负责的话，你的命是最微不足道的损失。”

骄傲的吉斯公爵哪里受过这样的威胁，他还没来得及回答，国王就出来召唤他们俩，但是这些威胁激化了他的报复心，他恨不得倾其一生来实现这欲望。当天晚上，安茹公爵跟国王说尽了吉斯公爵的坏话。他告诉国王，如果继续让吉斯公爵靠近夫人的话，夫人就永远不可能答应和纳瓦拉国王如约完婚。而吉斯公爵却为了自己的虚荣心，执意阻碍这件给法兰西带来和平的婚事，安茹公爵说他对此感到耻辱。国王本来就看吉斯公爵不顺眼，安茹公爵的这番话更让他对吉斯公爵大为不满。

第二天，国王在宫门处见到他，他正要进去参加王后的舞会。他浑身珠光宝气，神采奕奕。他刚要进门，国王突然问他要去哪里。公爵并不惊讶，回答说他前来为国王效劳，而国王却回复说他根本不需要，然后看都不看他一眼就走了。吉斯公爵仍然进了大厅，心中充满了对国王和安茹公爵的忌恨，这内心的痛苦更让他显得桀骜。由于愤怒，再加上安茹公爵告诉他的蒙庞西埃王妃所说的那些话，他又不能看王妃，于是他更加频繁地接近夫人。安茹公爵仔细地观察着他们俩的一举一动。当看见吉斯公爵和夫人说话的时候，王妃的眼中就不自觉地透着悲伤。王妃错把安茹公爵当作吉斯公爵时对他所说的话让他明白她那种悲伤是因为嫉妒。

安茹公爵想挑拨他们俩，于是走近王妃说：“夫人，这不是为了我，而是为了您好。我将让您明白吉斯公爵不值得您选择他而放弃我。请不要打断我，我知道您想说什么。你所以为的跟事实截然相反，这些我太了解不过了。他欺骗了您，夫人。您将成为我姐姐的牺牲品，就像之前他为了您牺牲了我姐姐一样。这是一个除了野心一无所有的人，既然他已经有幸得到了您的芳心，这已足够了。这种幸运我比他更值得拥有，这是毫无疑问的，所以我并不否定它。但您的芳心已另有所属，如果我还锲而不舍地追求您，这就是厚颜无耻的行为了。我所得到的只有您的冷漠而已。我不会再用从未有过的忠贞感情继续纠缠您，因为我不想因爱生恨。”

安茹公爵徘徊在爱与痛的边缘，艰难地说完了想说的话。他开始说话的时候满怀愤怒和报复，但是王妃的美貌和不被爱的绝望所带来的身心俱损让他心软了。于是他没等王妃回答就称病离开了舞会，回到家独自舔舐伤口。可以想象，蒙庞西埃王妃是多么痛苦和混乱。她的名誉和她毕生最大的秘密都掌握在一个她曾经怠慢了的公爵手里。毫无疑问，她觉得自己被心爱之人骗了，她现在的心思完全不在这个充满了欢乐的地方，但是她还得呆在这儿，因为等下她得和她的婆婆——蒙庞西埃女公爵一起共进宵夜，一起回家。吉斯公爵迫不及待想要告诉她前一天安茹公爵对他讲的话，跟着她到他姐姐那去了。但是当他想跟她说话的时候，这位美丽的王妃却劈头盖脸地责备了他！他感到很惊讶，她的那些抱怨、指责让他觉得莫名其妙。除了她指责他的不忠和背叛，其他的话他几乎完全不明白。他本来想在她这里寻求一些安慰，但是现在却绝望地发现更大的痛苦降临了。但是他爱她爱得发疯，不知道她是否爱他的这种不确定性让他痛不欲生，于是他立即下定决心说道：“您一定会满意的，夫人。我将做出一件最高皇权都不能强迫我做的事情。这件事将会断送我的前程，但是为了取悦您的芳心，这微不足道。”

没有在他姐姐家多做停留，他立即去找红衣主教们，就是他的叔叔们。他以受国王怠慢为借口，让他们明白，为了他的前程考虑，他必须表现得丝毫没有想娶夫人为妻的念头。他让他们立即决定同意他和波尔西安公主的婚事，这门婚事之前就曾提及过。很快这个消息就传遍了整个巴黎。所有人都感觉很惊讶，蒙庞西埃王妃对此觉得又高兴又难过。她高兴的是她对公爵如此重要，可以左右他的行为；她不悦的是他竟然放弃了和夫人结婚这样一件如此有利的事。吉斯公爵希望至少可以在情场得意来弥补自己在前途方面的损失，他要王妃给他一个单独见面的机会来澄清她对自己的指责。

他得知她在他姐姐蒙庞西埃女公爵那里，女公爵一点的时候不在家，那时他可以单独和她见面。他激动不已，他终于可以扑倒在她脚下自由地倾诉衷肠，并告诉她自己因为她的怀疑有多么痛苦。但不论吉斯公爵怎么信誓旦旦地保证，王妃都不能从脑海中擦除安茹公爵对她说的话。她告诉他，她确信他背叛了她，因为安茹公爵知道的事只可能是从他这里听来的。吉斯公爵无从辩驳，但是他也很疑惑是什么暴露了他们的联系。最后，随着谈话的深入，王妃表示她觉得公爵不该如此匆忙地决定自己和波尔西安公主的婚事，而放弃了和夫人结婚的机会，毕竟这是非常有利的。她告诉他，他应该知道自己不会嫉妒这件事的，因为舞会那天，她还要他只许看着夫人。吉斯公爵说她有意想让他那样做，但是他保证她根本没有对他说出来。而王妃却坚持自己说了。最后，争论来争论去，他们发现王妃被他们几个相同的装扮弄混了，明白了那些她指责吉斯公爵透露给安茹公爵的事情，其实是她自己告诉安茹公爵的。吉斯公爵的婚事已经几乎证明了他的心意，这次谈话更完全洗刷了他的冤屈。

这位美丽的王妃再也不能拒绝自己的心，它曾经就属于这个男人，而这个男人又刚刚为她放弃了一切。她同意接受他的心意，也让他相信，自己对他也并不是无动于衷。她婆婆——蒙庞西埃女公爵的到来终止了这次谈话，也阻止了公爵宣泄自己的喜悦。过了一阵子，王室要到布卢瓦去举行夫人和纳瓦拉国王的订婚仪式，王妃也随同前往。吉斯公爵不再考虑位高权重或前途无量的事，他只想着得到王妃的爱情。他津津乐道地看着这场订婚礼，要是换个时间，他一定会感到痛苦。

吉斯公爵太高兴了，所以没有很好地掩饰自己的感情，而蒙庞西埃亲王从中隐约感觉到了什么。他不能控制自己的嫉妒，命令他的妻子回到尚皮尼去。这个命令对她来说非常残酷，但是她不得不听从。她想办法单独跟吉斯公爵告别，但是她不知道怎样才能找到一个安全可靠的方式给他写信。最后，绞尽脑汁地考虑了千方百计之后，她想到了沙伯纳伯爵，那个她一直当作朋友，从未当作恋人的男人。吉斯公爵知道这位伯爵和蒙庞西埃亲王是至交，她选伯爵作为心腹让他感到万分惊恐，但是她向他保证了伯爵的忠诚。他和她分开了，和自己心爱的人分离让他痛苦万分。

沙伯纳伯爵在王妃暂住布卢瓦的时候因病留在巴黎，当得知王妃要返回尚皮尼时，他在半路追上她陪她一起走。她见到他，显得格外热烈和友好，迫不及待地想跟他单独谈话。开始这让他非常高兴，但是随后，他发现她迫不及待要说的竟然是她和吉斯公爵再度相爱了！这让他无比惊讶和悲痛，一时竟说不出话来。王妃心里满是得不到宣泄的炙热的恋情，向伯爵倾诉让她得到莫大慰藉，以至于她竟没有注意到伯爵的沉默，还跟他滔滔不绝地讲述他们之间发生的奇遇的细枝末节。她还告诉他，她和公爵决定通过伯爵来互通书信。这最后一击让沙伯纳伯爵看到，自己的心上人竟然想让他为他的情敌服务，并且她还把这看作是能让他高兴的一件事。他很好地控制了自己，隐藏了自己所有这些糟糕的情绪，只向她表示了自己对于她发生如此大的变化惊讶。他开始还寄希望于她的情变能让他不再爱她，但是他看见王妃如此美丽，她的天生丽质在宫廷空气的熏陶下更加容光焕发，他觉得自己竟比以前更爱她了。

她跟他讲的这些秘密，这些关于她对吉斯公爵的柔情与蜜意，让他看到了伊人芳心的美好，他更强烈地想拥有她。她的爱是世界上最不同寻常的爱，所以也产生了最不同寻常的效力，她使他决定成为自己心上人和情敌之间的信使。吉斯公爵不在身边让蒙庞西埃王妃目断魂销，她只能从他的信件中得到些许慰藉。她一刻不停地纠缠沙伯纳公爵，盘问他有没有收到信，总责怪他没有更早收到来信。终于有一天，他从吉斯公爵的一个侍从那里收到了来信，他把这些信赶紧交给了她，生怕耽搁了她的快乐。这些信让王妃欣喜若狂。她毫不掩饰地给他读这些信，还有自己情意绵绵的回信，丝毫不考虑他的感受，这简直就是让他痛饮毒酒。他又忠实守信地将她的回信交给那位侍从，就像把来信交给她一样，但是心中的痛苦愈加强烈了。他安慰自己说，当王妃想到自己为她所做的事也会对他表示感激吧。但是慢慢地，他却发现，爱的苦闷让她对自己一天比一天严厉，他鼓起勇气恳求她至少为他考虑一点儿，想想他为她承受的那些苦涩。

王妃心里只有吉斯公爵一个人，只有他才配喜欢她，听到伯爵也敢在心中想着她，她非常生气。于是，这种情况下，她对沙伯纳伯爵更凶了，更甚于他第一次向她表白的时候。伯爵的深情和耐心几经考验，几近耗竭。他终于离开了王妃，去到他一个住在尚皮尼附近的朋友的家。他在那里写了一封诀别信给她，信里写了他做出这样出乎意料的举动是出于怎样的愤怒，不过字里行间还带着对她身份的尊敬。王妃开始后悔了，她对这个她可以轻易左右的男人曾是那么苛刻。她还不想失去他，这不仅仅是因为她对他的友谊，更因为他的可利用价值，对于她的爱情来说，伯爵是不可或缺的。她写信告知他，她只想再见他一次，然后她就会放他自由。恋爱中的人总是软弱的，伯爵又回来了，仅仅不到一个小时的时间，他就再度沦陷在她的美丽、才情和几句好听的话之中。他还把他刚刚收到的几封伯爵的来信交给了她。

这时候，国王将要召集胡格诺派的首领们进宫，这个恐怖的暗杀计划将在圣巴泰勒米日进行。为了让胡格诺派更容易落入圈套，国王驱散了波旁家族和吉斯家族的所有亲王。蒙庞西埃亲王回到了尚皮尼，而他的妻子也终于觉得在他身边度日如年。吉斯公爵回到了他叔叔——洛林红衣主教居住的村庄里。爱情和无所事事的生活让他的想念格外深重，他非常想见到蒙庞西埃王妃。没有考虑这样做对她和他来说都是多么危险，他就佯装要旅行，然后把他的随从们都留在了一个小城里，自己和那个已经去过很多次尚皮尼的侍从坐着邮车一起走了。

因为他只有沙伯纳伯爵的地址，所以他让那个侍从给伯爵写了一张便条，请他来标记的地方碰面。伯爵以为这不过是让他过去取信，所以就自己去了。当他看见吉斯公爵等在那里的时候，又震惊又痛苦。公爵满脑子只想着自己的计划，毫不理会王妃把他们的恋情告诉伯爵这件事让他多么窘迫，只顾着渲染自己的爱，告诉他如果王妃不同意见他，他一定会死掉的。沙伯纳伯爵只冷冷地回答他说，他会一字不落地告诉王妃他的话，然后给他答复。伯爵回到了尚皮尼，他在心里反反复复地做思想斗争，有时候这些错综复杂的感情会激烈得让他失去所有感觉。他时而想，干脆不告诉王妃，直接去拒绝公爵，但是他对王妃允诺过的绝对忠诚又让他立即打消了这种念头。

他回到公爵府，不知所措。得知蒙庞西埃亲王正在打猎，他就直奔王妃房间。王妃见他一副慌乱的样子，就让侍女们退下，好询问其原因。他尽可能控制自己的情绪，告诉她吉斯公爵在尚皮尼的一个地方等她，他热切盼望见到她。蒙庞西埃王妃听到这个消息惊声尖叫，她的窘迫一点不比伯爵少。她先是因为要见到她的心上人而欢欣雀跃。但随后，当她想到自己的行为是多么违背道德，而且她如果要见到她的情人，就只能瞒着丈夫让他趁夜潜入，这让她觉得心惊胆战。沙伯纳伯爵等待她的回复，就好像在等一张生死判决书。从她的沉默中，他看出了王妃的犹豫，他提醒她这样的话会面临多少危险，而且他想让她明白，他说这些不过只是为了她好。

“夫人，如果您的热情胜于我所说的一切，并且您很想见到吉斯公爵，那么我的意见一点儿也不会阻拦您，尽管您的利益不允许您这样做。我完全不想剥夺我爱的人的快乐，但也不想我爱的人因为追求这种快乐，投入一个不如我忠诚的人的怀抱。是的，夫人，如果您希望，我天一黑就会去接吉斯公爵，因为把他长时间留在那里太危险了，我会把他带到您的房间。”

“但是，从哪进来？怎么进来呢?”王妃打断他说。

“啊！夫人，”伯爵叫道，“既然您只在考虑见面的方式，这就行了。夫人，您那位幸福的情人，他会来的。我会带他从公园进来。您只需命您最信任的一位侍女，在午夜时分，放下花园里通往您门厅的小吊桥，其他的什么都不需要担心。”

说完这些话，他不等王妃的同意，就离开了。他又上了马，去找迫不及待的吉斯公爵。蒙庞西埃王妃惊魂未卜，好半天回不过神来。她的第一个反应就是让人叫沙伯纳伯爵回来，不让他带吉斯公爵来，但是她浑身无力。她想，或者不叫他回来吧，她只须不叫人放下吊桥就行了。她相信自己不会改变这个决定的。但是随着约定时间的临近，她再也压抑不住自己想见他的念头，她觉得她的情人和她如此般配。她吩咐一个侍女应该做的事，等着迎接吉斯公爵进到她的房间里来。

这时候，公爵和伯爵离尚皮尼越来越近，但是两个人的心境却截然不同。吉斯公爵满心欢喜，满怀希望；而伯爵却心灰意冷，怒气冲天，恨不得自己的剑能千百次刺穿他情敌的身体。他们终于来到尚皮尼花园，将他们的马交给了吉斯公爵的侍从，然后从城墙的缺口进去，来到了小花园。沙伯纳伯爵在绝望中还留有一线希望，他希望王妃能恢复理智，最终决定不见吉斯公爵。但是当他看见已放下的小吊桥，他完全死心了，准备好自掘坟墓。但是，他突然想到，如果他们弄出什么声响，蒙庞西埃亲王也能听到，因为他的房间也通往小花园，这样一来所有罪过都会落到他最心爱的人身上。于是，他立即平息了愤怒，成功把吉斯公爵带到了王妃面前。

尽管王妃表示希望他留下来，而他自己也这样想，但他还是决定不能留在那里听他们说话。他退回到蒙庞西埃亲王房间旁边的一条小过道，心里想着一个情人最悲痛不过如此。然而不幸的是，他们过桥的时候还是弄出了一点小动静，蒙庞西埃亲王听到了竟醒了过来，命屋中一个侍从去查看一下。仆人把头伸出窗外，在漆黑的夜色中，看到吊桥竟然被放下了。他立刻禀报给他的主人，亲王命他去探个究竟。过了一会儿，他自己也起来了，他好像听到了有人走动，心中不安，直奔妻子的房间而去。蒙庞西埃王妃觉得跟吉斯公爵独处很羞耻，于是几次三番地请伯爵也进来。伯爵一直拒绝，但因为她一再坚持，他非常生气，便很大声地回绝她。恰好这时亲王走近了沙伯纳公爵呆在的小过道，他也听到了这个声音。但是因为太模糊了，他只听出来是个男人的声音，没有辨出这是伯爵的声音。类似的事情即使发生在另一个性格更平静、嫉妒心更弱的人身上，也会使他暴怒。更别说发生在亲王身上，他怒不可遏，狂躁地撞王妃房间的门，并大吼命令他们开门。这让王妃、吉斯公爵以及沙伯纳伯爵都惊恐万分。

沙伯纳伯爵听到亲王的声音，先是明白现在不可能让亲王相信他妻子的房间里没有别人，而如果亲王见到吉斯公爵在此，王妃就要眼睁睁地看着自己心爱的人在自己面前被杀，而她的命也将不保。伯爵那史无前例的伟大爱情让他当机立断地决定挺身而出，去挽救他那薄情的心上人和他的情敌。当蒙庞西埃亲王不停砸门的时候，他走到不知所措的吉斯公爵身旁，把他交给带他进来的那个侍女手中，让他从原路返回，而伯爵将亲自面对亲王的盛怒。公爵刚刚走出门厅，亲王就撞开了过道的门，怒火冲天地闯进屋来，搜寻着该对谁发火。但是他只看到了沙伯纳伯爵，扶着桌子，愁容满面，一动不动地站在那儿。亲王也惊呆了，自己最为珍视的一个朋友，居然深夜独自一人在他妻子的房中，这让他惊讶得目瞪口呆。王妃站在那儿快要昏过去了，命运从来不曾将这三个人置于如此凄惨的境地。最后，蒙庞西埃亲王无法相信自己的眼睛，为了理清刚才的这一团乱麻，他用一种让人听起来友谊尚存的语气和伯爵说：

“我看见了什么？这是幻觉还是现实？这可能吗？一个我在世界上最珍重的朋友，选择了我妻子而不是其他任何女人来诱惑她？”

“而您呢，夫人？”他又转向王妃对她说，“您收回了您的心，夺走了我的荣耀，这还不够吗？您还要夺走这唯一可以安慰我的痛苦的人吗？”

“你们谁来回答我，”他冲他们俩说，“给我解释一下这到底是怎么回事？我只能相信我看见的事。”

王妃说不出话来，沙伯纳伯爵张了几次嘴，也没能说什么。

“我有罪于您的器重，”他终于说道，“我配不上您给予我的友谊，但是事情不是您想的那样。我比您更为不幸和绝望。我不能跟您讲更多。我可以用我的命来赎罪，如果您能立即取了我的性命，这对我来说将是唯一乐事。”

伯爵说这些话时悲痛欲绝，他的样子表明了他的无辜。这不仅没有让蒙庞西埃亲王理清思绪，反而更让他觉得这事情背后一定有什么他猜不透的秘密。他的绝望因为这种疑虑变得更加强烈了。

“您取了我的性命吧，”亲王对伯爵说，“或者您给我解释清楚您的话是什么意思，我完全莫名其妙。我让您解释是因为我对您的友谊和容忍。换成另一个人，如此奇耻大辱早就让您用命来抵了。”

“表象都是假的。”伯爵打断他说。

“啊！这太过分了！”亲王驳斥他，“此仇非报不可，以后我会慢慢弄清楚。”

一边说着，他凶狠地走向沙伯纳伯爵。王妃害怕发生什么不幸

（其实不可能发生，她的丈夫手无寸刃），起身想挡在他们之间。但是她太虚弱了，无法承受这番挣扎，刚走近她的丈夫，她就晕倒在他脚下。亲王走近伯爵时发现他是如此镇定，这让他震惊。而现在，妻子的晕倒更让他触动。这两个人所做出的悲情举动让他看不下去，他把头转向另一边，把妻子放到床上，内心的痛苦难以言表。

沙伯纳伯爵非常后悔挥霍了亲王给予他的深厚友情，也知道永远无法弥补他刚才的行为，于是猛地冲出屋外，穿过没有关门的亲王的房间，他下到院子里去。他让人给他牵来马，载着自己的绝望，到乡下去了。蒙庞西埃亲王看到王妃一点苏醒的迹象都没有，遂让她的侍女们照顾她，他伤心欲绝地回到了自己的房间。吉斯公爵，幸运地从花园溜走，慌慌张张地，几乎都不知道自己在做什么。

他离开尚皮尼有几里地，但是因为没有王妃的消息，他不能再往前走了。他在一片森林里停下来，派他的侍从去跟沙伯纳伯爵打探一下事情的下落。侍从没有找到沙伯纳伯爵，但是他从别人那里打听到蒙庞西埃王妃病重了。听了侍从的话之后，他更加担心了，但是他又没有办法安慰她。他的“旅行”再延长下去该引起怀疑了，他只得返回去找他的叔叔们。侍从向他描述那里的状况：王妃病得很重，侍女们一把她放到床上，她就开始发高烧，还做噩梦，第二天就性命堪忧了。亲王也称病，为了不让别人觉得他不到他妻子的房间去很奇怪。

为了铲除胡格诺派，国王召集所有天主教派的亲王们返回王宫。这让亲王得以从这窘迫中解脱。他起身去了巴黎，不知道他的妻子状况怎样。他还没有赶到，对胡格诺派的剿灭战就已打响，首当其冲的是他们的首领之一——沙迪龙元帅。两天之后，震撼全欧洲的恐怖大屠杀开始了。可怜的沙伯纳伯爵为了忘却自己的痛苦，刚刚藏身于巴黎郊区一个很偏僻的地方。他也被卷入胡格诺派的战争中。他住的那个地方有人认出了他，记得他好像曾被怀疑属于胡格诺派。于是，在那个对于很多人来说都惨绝人寰的夜晚，他也被杀害了。

翌日清晨，蒙庞西埃亲王来到城外传达命令，他来到沙伯纳伯爵横尸的那条街。一开始，这场悲剧让他震惊；随后，他对他的友情重燃了，这让他十分悲痛；但是最后，当他想到伯爵对他的背叛，他又感到高兴，他觉得这是命运的报复。吉斯公爵忙于为父报仇，不久之后，报仇的喜悦充盈了他的心，而对于蒙庞西埃王妃的消息，越来越漠不关心了。与此同时，他开始觉得努瓦尔穆捷侯爵夫人的才华和美貌无人能及，并且这位夫人能给他更多的希望。于是，他开始全心全意地爱她，这巨大的热忱至死方休。

然而，蒙庞西埃王妃的病情极度恶化之后，又渐渐好转了。她恢复了理智，而她丈夫不在也让她轻松了一些，她觉得生活又有希望了。因为忧思郁结，她的身体恢复缓慢。当她想到在她生病的时候，一点儿吉斯公爵的消息也没有，这让她的精神又一次崩溃。她询问她的侍女是否见到过什么人，是否收到了来信，但是所有的希望都落空了。她发现世界上最不幸的事发生了，她为之铤而走险的男人竟然抛弃了她。而当她从她丈夫那里听闻了沙伯纳伯爵的死讯后，再次受到沉重打击。

吉斯公爵的忘恩负义更让她觉得失去一个如此忠诚的人是多么痛苦。这些沉重的打击让她再度陷入她刚刚走出的危险境地。同时，因为努瓦尔穆捷公爵夫人特别爱炫耀那些别人极力隐藏的风流韵事，她和吉斯公爵的事情很快就人尽皆知。尽管蒙庞西埃王妃离得那么远，又终日缠绵病榻，但是她还是从各种渠道听到他们那些事。这对她简直是致命一击。她失去了她丈夫的尊重和她情人的心，还有最完美的一位朋友，这接二连三的痛苦摧毁了她。没几天，她就离世了。世界上最美丽的王妃之一，就这样殁于那花样年华。如果她的贞德和谨慎能控制她的行为，她本可以成为世界上最幸福的人。

小园中

［奥地利］里尔克

黄　灿译

偶尔，人们的脑海中会有奇怪的念头浮现。比如说昨天，当时我又和露西女士并排坐在她家的前庭小园中。这位拥有一双大而深邃的双眸的年轻金发女郎沉默不语，仰头看着布满红霞、绚丽斑斓的天空，把一块产自布鲁塞尔的花边手帕当作扇子轻轻挥动。芳香四溢，我的心痒痒的，不知这香气是来自那上下飞舞的手帕呢，还是一旁的紫丁香丛。

“这紫丁香可真美啊！”我说着，纯粹是没话找话。因为沉默是一条神秘的林间小道，在这条小道上有许多见不得人的念头到处乱窜，所以，万万沉默不得！

现在她闭上了双眼，头靠回了椅背。太阳的余晖满满铺洒在她纹理精致的眼皮上，她的鼻翼微微颤动着，好似一只正伏在鲜嫩玫瑰上啜饮琼浆的小蝴蝶，翅膀微扇。她的一只手不经意地搭放在我椅子的扶手上，紧紧地靠着我的手，我的指尖似乎能感觉到她的手在轻轻颤抖。不，不仅仅是指尖，这种感觉像电流一般贯穿我整个身体直冲向我的大脑。现在，我脑子里一片空白，只有一个念头——这个念头像山间乍起的乌云一样，呼啸着翻涌而来：“她可是别人的妻子啊！”

该死的，真见鬼！这一点我不是早就知道了么，而且这个“别人”就是我的朋友。可是今天这个奇怪的念头不停地闪现在我的脑海里，我感觉我像一个小乞儿，用惊叹渴求的目光注视着糖果店橱窗里的精美商品，却怎么也吃不到。

“我亲爱的女士，您在想些什么呢?”我硬生生把自己从非分之想里拽出来。

她轻哂了一声：“您看起来可真像他呀!”

“像谁?”

她转过脸来直直地盯着我道：“像我死去的哥哥!”

“原来是这样，那他是年轻的时候过世的吗?”

她叹了口气，说道：“是啊，很年轻。他是开枪自尽的。我可怜的哥哥，他是那样一个美好而正直的人。您等等，我马上给您看他的照片。”

“您还有其他的姊妹吗?”我故意转移了话题。

她看起来像没听见似的，浅色的眸子带着点困惑静静地注视着我，大大的瞳仁像是装着整片天空，仿佛要把我吸进去。

“这眼周的线条，这嘴……”她像在梦中呓语一般。

我费了九牛二虎之力才把目光定在她的脸上，这对我来说真的很难。她久久、久久地端详着我。接着她把椅子挪得离我更近了一些，声音也变得更真诚，更亲昵，仿佛真的在和她哥哥对话一般。她轻轻地诉说着，螓首离我是这样的近，我都能嗅到她金色发丝散发出的沁人芳香。对于往日快乐与痛苦的生动回忆让她双眸闪着光芒，面容更有生气了。在兴奋的刺激下，她的面容看起来是那样的熟悉，好像我就是那位珍贵的逝者，她日思夜想的人儿。

这双眼睛，这张嘴，我思忖着，这是我的脸啊！只不过更高贵、更精致了一些……

而当她终于从喉咙里发出一声呜咽，又沉默无言地把小巧玲珑的脑袋埋进布鲁塞尔手帕里时，我几乎都要脱口喊出来：“我是你哥哥啊！我就是他!”老天真是没有亏待我，这辈子还能有这样的一位女士为我这般哭泣！也不知道是怎么回事，我的手开始轻轻抚摸她被晚霞染成红色的秀发，她并没有拒绝我的触碰。

随后她抬起头，双眸水光潋滟：“若是他还活着的话，”她想了想说，“我们肯定会相爱，而我也绝对不会跟别人结婚……”

我仔细地听着，生怕漏掉一个字。

此时，汹涌的情感终于冲破了理智的堤坝，她哭得梨花带雨，肝肠寸断。

我看着夕阳渐渐下沉，心里仍想着："她可是别人的妻子啊!"

但她悲戚的哭声令我这个念头瞬间荡然无存。

当最后一道阳光即将消逝在深紫的群山背后时，她把脑袋靠上了我的胸膛。那哭得有些蓬乱的金发蹭着我的下巴，痒痒的。我低下头，亲吻着她如晨露般晶莹剔透的泪珠儿。几颗苍白的星星在头顶上闪烁，她的红唇也勾勒出了一抹微笑……

一小时后，我在小园门口遇见了她的丈夫，在他向我伸出手时，我注意到我的领结上有一丝灰尘。这该死的灰尘！我紧盯着它，并且试图用一只手把它弹走，而我的另一只手正匆忙地与他相握。

卡门

[法] 梅里美

陈 茜译

一

我常常怀疑，那些地理专家在标定位于巴斯图利—波尼[①]省的门达[②]古战场的时候一定不知道自己在说些什么，这个古战场就是靠近现在蒙达[③]所在地，马尔贝拉[④]往北六英里的地方。

根据佚名作者所写的《西班牙战记》[⑤]，和从奥苏纳公爵[⑥]藏书丰富的图书馆搜集整理到的资料，我认为凯撒同共和国卫士们这场背水一战应该发生在蒙蒂利亚[⑦]附近。

---

① 古西班牙的一个省。

② 门达，古西班牙城市，公元前四十五年时凯撒率军与庞贝的两个儿子于此大战，因而以门达战场出名。

③ 蒙达（西班牙语：Monda），是西班牙安达卢西亚自治区马拉加省的一个市镇。总面积五十八平方公里，总人口 1772 人（2001 年），人口密度 31 人/平方公里。

④ 马尔贝拉（Marbella），位于西班牙 Andalucia 地中海岸边的城市。

⑤ 《凯撒战记》之一，作者无从考证，据推测是亲历战争的士兵所写。

⑥ 奥苏那公爵（1579—1624），西班牙政治家。

⑦ 蒙蒂利亚（西班牙语：Montilla），西班牙安达卢西亚自治区科尔多瓦省的一个镇。

1830年的秋天，我恰巧就在安达卢西亚地区，于是就进行了一次长途远足，去探究那些一直让我耿耿于怀的疑问，以求寻找到合理的答案。我即将发表的文章，一定能帮助所有诚挚的考古学家们消除心中的疑惑。但是在我的文章解决欧洲学术界的地理难题之前，我想先说个小故事，这个故事并不会减少你对确定蒙达地理位置的兴趣。

我在科尔多瓦雇了个向导，租了几匹马，就带了几件衣服和一本《凯撒纪事》轻装上路了。一天，我慢慢悠悠地路过卡塞纳平原的一处高地，头顶着烈日，我口干舌燥、筋疲力尽，心中不由得把凯撒和庞贝的两个儿子统统骂了一遍。这时，我眼前突然一亮，在我走的这条道的前面不远处有一小片绿色的草地，当中还零星地长着些芦苇和蒲草。凭直觉我判断附近一定有泉水。果不其然，等我走近一看，发现了那片绿地其实是沼泽，一条好像是由卡布拉山脉的两座山谷间涌出的小溪，流入这片沼泽就消失不见了。

我由此推测，只要沿着小溪往前走，应该可以找到更清凉的溪水，也不会有这么多水蛭和青蛙，说不定还能在岩石间找到块阴凉地。

刚走到峡道口，我的马就嘶叫起来，另一匹不在我视线范围内的马也嘶叫着回应它。我骑着马继续往前走了大约一百步，峡道豁然开阔起来，在我面前出现一块天然圆形剧场般的空地，空地四周被陡峭的岩石围住。对于旅行者来说，再也找不到比这更让人欣喜的休憩地了。陡峭的岩石底下，溪水潺潺流出，一直流入一个水池，池底铺满了如雪的白沙。池边生长着五六株繁茂的常青橡树，在这免受风吹，还有泉水替它们降温，茂盛的枝叶罗织出一片树荫遮蔽着水池。紧挨着水池，有一圈光滑的草皮，旅行者可以在上面睡觉，方圆三十英里再也找不着这么好的地方休息了。

发现如此仙境的荣耀并不只属于我一人。已经有人在这休息了，我进来时，他一定正在睡觉。马叫声吵醒了他，那人起身走到自己的马旁，那匹马趁着主人睡觉的功夫把四周的草吃遍了。那是一个干练的年轻人，中等身材，体型看起来很结实，带着骄傲又有点阴沉的表情。他原本的肤色应该很漂亮，可是由于长期日晒，现在已经比他的发色还要深。他一手攥住缰绳，另一只手拿着一杆铜质短枪。

我必须承认，起初他粗野的外表和手里那杆枪有点吓到我。但是，我听闻过很多强盗的事迹，却一个也没见过，所以也就不太相信真的有什么强盗了。更何况，我见过不少老实的农民去市场的时候也是全副武装，尽管这人带着枪，仍不足以让我怀疑他的人品。况且，我对自己说："他抢走你这几件破衣服和艾尔泽维尔[①]版的《凯撒纪事》又有什么用呢?"于是我友好地朝他点了点头，然后笑着问他，我是不是打扰到他休息了。他没说话，倒是把我从头到脚打量了一番。然后，好像对打量的结果很满意，又同样打量着正巧走进来的向导。我看到向导的脸色霎时变得惨白，他停住了脚步而且显得十分害怕。"怕是碰上坏蛋了!"我暗自想着。谨慎起见，我尽量让自己表现得很平静。我下了马，让向导帮我卸下马鞍，然后在泉边跪下，把头和手都浸到水里，像基甸手下的士兵[②]那样，肚子贴地趴着，喝了一大口水。

这时，我看了看这个壮汉和我的向导。我的向导很明显不想靠近他，但是壮汉看上去对我们也并无恶意。因为他已经放开自己的马，虽然拿着枪，但枪口也朝下了。

我觉得没必要因为他不尊重我而生气，于是就躺在了草地上，很随意地问他身上有没有火，同时拿出自己的雪茄盒。这个陌生人，依旧一言不发，从口袋摸出自己的打火石，立马给我点上了火。很明显，他已经变得和气了一些，因为他就在我的对面坐了下来，虽然手里还拿着那杆枪。点着烟以后，我找到那支特意留下的最好的雪茄，问他抽不抽烟。

"抽的，先生。"他答道。这是他对我说的第一句话，我还注意到

---

① 十六至十七世纪时著名的荷兰出版商。

② 出自《圣经·士师记》：上帝让以色列统帅基甸命令士兵们喝水，一些动作敏捷的人迅速趴在地上，用舌头舔着喝水，他们一会儿就喝完，然后回到队伍中去了。耶和华吩咐基甸只选取这舔水喝的三百人去作战。

他发“s”音的时候不太像安达卢西亚人[①]，由此推测他应该也是个旅行者，虽然可能不像我，是为考古而来。

“你试试，这雪茄还挺不错的。”我拿出一支正宗的哈瓦那雪茄递给他。

他朝我微微点了点头，就着我雪茄的火把那支给点着了，又点了点头表示感谢，然后惬意地抽起烟来。

“啊!”他叹了一声，然后把第一口烟从耳朵和鼻子里缓缓喷出来，“好久没抽雪茄了!”

在西班牙，给予和接受一支雪茄就能建立起双方的友好和热情，好像东方国家分享面包和盐一样。我这位朋友看来比我想的更健谈。尽管他声称自己是蒙蒂利亚帕尔迪多人，却对这片地区所知甚少。就连我们现在身处的这个美丽峡谷，他都不知道名字，更别说知道附近都有哪些村子了，当我问起他有没有看到附近有一些残垣断壁，宽边的大瓦片或是雕刻过的石头的时候，他坦白说从来没注意过这些东西。

与此相反，他却对马十分在行。他挑出了我坐骑的弱点，当然这也不算什么难事，接着又向我展示了他的纯种马，说那可是科尔多瓦最有名的养马场出来的马。那的确是一匹上等好马，十分健壮。照他所说，这匹马曾经一天之内，连奔带走、马不停蹄地跑了九十英里路。说到一半的时候他突然停了一下，好像意识到自己说得太多了。“其实，我着急着要赶到科尔多瓦去。”他略带尴尬地继续说道，“我有一桩案子要向法官申诉。”他边说边看着我的向导安东尼奥，安东尼奥的眼睛看着地上。这里既有泉水，又够阴凉，让人心情舒畅。我不由得记起蒙蒂利亚的朋友曾经把几块极好的火腿放到我向导的包里。我让向导拿出来，同时邀请这位陌生的客人和我们一起分享这临时的午餐。如果说他很久没抽过烟的话，那他吃东西的样子像是至少

---

① 安达卢西亚人的S由喉部发音，同柔声C和Z的发音没有差别；西班牙人把后面这两个音发得像英文的th。所以只要听见“Senor”这个字的发音，就可以辨出一个安达卢西亚人来。——原注。

两天没吃过饭，他狼吞虎咽起来。我心想，这个可怜的伙计碰上了我，真是运气好。我的向导却没吃几口，水也没怎么喝，一声不吭，尽管刚开始跟我上路的时候，他完全是个滔滔不绝的话痨。这位客人的存在好像让他有些局促不安，虽然我猜不出具体缘由，但能感觉到他们彼此不太信任对方。

最后几片面包和火腿也被一扫而光。我俩又各自抽了一支雪茄；我让向导给马上鞍，然后打算跟新认识的朋友告个别，他倒问起我晚上打算去哪过夜。

在注意到向导给我做出的手势之前，我就已经回答说打算去奎尔沃客店①过夜。

“先生，那个店对像您这样的绅士来说可是糟透了……我正打算去那，如果您不介意我跟着您，我们可以一起去。”

“十分乐意!”我一边上马一边回答道。向导帮我托着马镫，又朝我使了下眼色。我耸了耸肩，告诉他没什么大不了的，就接着上路了。

安东尼奥神秘的暗示，明显的焦虑，以及陌生壮汉不经意的几句话，特别是他说骑着那匹马走了九十英里的路，同他之前对这事不太合理的解释，已经让我对这位同行的旅行者有了大致的判断。这人很可能是个走私贩或者强盗。不过跟我有什么关系呢?我十分了解西班牙人的个性，既然他已经同我一起吃过饭、抽过烟，就大可不必担心了。有他跟着我，说不定还能保护我不受其他强盗的侵害。另外，我早就想知道强盗长什么样，而且强盗也不是每天都能碰到的。跟一个危险人物在一起，本身就很有吸引力，特别是当这个危险人物不知为何，表现得既绅士又温顺的时候，就更加有意思了。

我希望这位陌生汉子能慢慢对我有所信任，尽管向导在不停地朝我眨着眼，我还是把话题扯到了江湖大盗身上。谈起他们的时候，我都显得十分尊敬。当时，在安达卢西亚地区有个十分有名的强盗，叫

---

① 西班牙语 Venta，指孤零零的客店，特别要是在偏僻的小路边，一般都是抢劫或杀人的危险处所。

做荷赛·马利亚，几乎人人都在讨论他的事迹。“旁边这人该不会就是荷赛·马利亚!”我暗自心想。于是，我把知道的关于这个英雄的所有故事都说了一遍——据说这些事都是他干的，然后对他的慷慨和勇敢表示了极大的崇拜。

“荷赛·马利亚不过是个恶棍罢了，”陌生汉子冷冷地说。

“这是他对自己的客观评价，还是过分谦虚?”我心存疑虑，再次端详起这位伙伴，发现他越看越像荷赛·马利亚，之前在安达卢西亚各个镇上，都贴着好多他的通缉令。“没错，就是他——金色的头发，蓝眼睛，大嘴巴，一口好牙，手很小巧，衣着讲究，一件镶着银色纽扣的天鹅绒夹克，白色皮靴套，还有这匹枣红色的马。毫无疑问，就是他！既然他不想暴露身份，那就尊重他的意思吧。我们到了客店，那地方跟他描述的一样，我从没住过这么破的旅店。一间大房间既是厨房、还是餐厅和卧室。屋子中间的平石板上生着团火，一些烟顺着屋顶的破洞飘出去，剩下的则在房里形成了离地几英尺高的云雾。沿着墙边，铺着五六张破旧的驴皮，就算是旅客的床。这个客店，或者说这间破房子二十步开外的地方有一个破棚，就算是马厩了。

在这间环境“宜人”的客店里，只住着一个老太婆和一个大约十岁出头的小女孩，暂时没看到其他人，她们两个都被烟熏得黑黢黢的，身上穿的也破烂不堪。“这就是门达古城遗留下的子孙啊!”我心想。“噢，凯撒！噢，庞贝乌斯！如果你们今天重来此地，该多么惊讶啊!”

当这个老太婆看到我的旅伴时，不由得惊出声来：“啊！唐·荷赛老爷!”

唐·荷赛皱了皱眉，威严地朝她挥了挥手，老太婆就闭嘴了。

我转过去看了向导一眼，不露声色地暗示他我已经心中有数，一路上我都知道这人是谁。晚饭比我想象得要好，一张一英尺多高的小桌子，上面摆着一盆用老公鸡肉做的肉丁饭，里面放了很多辣椒；然后是一盆油淋辣椒；最后是一盆“加斯帕酥汤”[1]——一种辣椒做的类似沙拉的菜。这三道菜，辣得我们不停地喝羊皮袋里的蒙蒂利亚酒，这酒的味道还挺不错的。

酒足饭饱之后，我注意到墙上挂着一把曼陀林，在西班牙到处都能看到曼陀林，于是我就问那个小姑娘会不会弹，要是会弹的话不如就给我们来一曲。

“我不会。”她说，“但是唐·荷赛老爷弹得可好了！”

“不知道您能为我唱首歌吗？”我对他说，“我十分喜欢你们民族的音乐。”

“像您这样一位正人君子，又给我抽了那么好的雪茄，我怎能拒绝呢？”唐·荷赛开心地回答着，就让小女孩帮他把琴取来，开始自弹自唱起来。他的声音虽然沙哑但很悦耳，曲调略显忧伤，也有点古怪。至于歌词，我是一个字都没听懂。

“如果我没听错的话，”我说，“您唱的不是西班牙的曲子，倒像是我之前在特区省[2]听过的‘佐尔科斯’[3]，歌词应该是巴斯克语吧。”

“是的。”唐·荷赛阴沉地回答道。他把曼陀林放在地上，开始凝视快熄灭的火堆，脸上带着一种悲伤的表情。在火光的映射下，他凶悍而器宇不凡的脸庞让我想起弥尔顿笔下的撒旦。我这位旅伴也许跟撒旦一样，在怀念他失去的家园，思索着因犯错而导致的逃亡生活。我试图继续跟他聊下去，他却深陷在自己的忧思中，没有丝毫回应。

房间的角落用一块挂在绳子上的破布围了起来，老太婆已经钻进里面睡了。为了显示男女有别，小女孩也跟着她进去休息。我的向导站了起来，让我跟他去一下马厩。唐·荷赛听到这句话一下就醒了，吃惊得跳了起来，粗暴地问他要去哪。

---

① 安达卢西亚的特色菜，西班牙凉菜汤由西红柿冷汤、黄瓜、青椒、洋葱、橄榄油、红酒醋和塔巴斯科调味，软切片面包配制而成。

② 特区省：指享有特殊权利的省份，包括阿拉瓦省、比斯开省、古普斯夸省和纳瓦拉省的一部分。使用语言为巴斯克语。——原注。

③ 佐尔科斯是巴斯克民族舞蹈，一般伴有音乐及合唱。

“去马厩。”向导回答他。

“去那干吗？马已经喂过了！你可以睡这，先生不会怪罪你的。”

“我怕先生的马病了，想让他去看看，说不定他知道该怎么办。”

显然，安东尼奥是想跟我单独说几句。

不过我不想引起唐·荷赛的怀疑，就目前的情况而言，最好还是对他表现出绝对的信任。

于是，我跟安东尼奥说我压根不懂马，而且困得要死。唐·荷赛就跟着他去了马厩，没过多久，就一个人回来了。他说马没什么问题，倒是我的向导把那畜生当成宝贝，用自己的上衣给它擦身子，让它出汗，还打算一晚上都待在马厩干这项美差。这时候，我正躺在驴皮毯子上，小心翼翼地用斗篷裹住身子，生怕碰到那块破旧的驴皮。唐·荷赛恳请我不要介意他斗胆同我睡在一起，说完就躺在了门口；躺下前还给短枪填上了火药，把它塞到用做枕头的包袱底下。

我以为经过一天的奔波劳累，即使在这样破旧的房间，我也能睡着。谁知，才睡了不到一个钟头，一种奇痒难耐的感觉就把我弄醒了。当我彻底清醒以后，就站了起来，心想后半夜不该就在这残垣破瓦下睡着，就蹑手蹑脚地走到门边，跨过正在酣睡的唐·荷赛，小心翼翼地走出房间，没有弄醒他。出了大门，旁边就有一张宽阔的木躺椅。我躺了上去，换了个舒服的姿势准备接着睡。我正准备闭上眼睛的时候，突然觉得有一个人的身影在晃动，后面还有一匹马的影子，他们从我面前走过，悄无声息。我坐了起来，发现那人是安东尼奥。我很惊讶这个时间他还待在马厩，于是起身朝他走过去。他看见了我，就停了下来。

“那个人呢？”安东尼奥低声问道。

“在里面呢。睡得死死的，臭虫一点也烦不到他。倒是你，干吗要把马牵出来？”这时，我发现安东尼奥给马蹄仔细地裹上了旧毯子的碎布片，这样把马牵出来的时候就不会弄出声响。

“您就不能小点声吗，先生！”安东尼奥说。“您知道里面那人是谁吗。他是荷赛·纳瓦罗，安达卢西亚地区最有名的大盗。今天一天我都在跟您使眼色，可惜您一直没明白。”

“强盗又怎么样，跟我有什么关系？”我回答，“他也没抢我们，而且我打赌他也没这个打算。”

“也许吧。不过抓到他可是有二百达克特[①]赏金的。我知道离这六公里的地方有一个枪骑兵营地，天亮之前我会带几个壮汉回来。我本来想把他的马给牵走，但这个畜生性子太烈，除了纳瓦罗不让任何人近身。”

“你是被鬼迷了心窍吗？”我对他说，“这个可怜的伙计怎么得罪你了，你非得去告发他？况且，你能确定他就是那个大盗吗？”

“百分之百确定！他刚才跟我到马厩去的时候对我说：‘看来你已经知道我是谁了。你要是告诉那位善良的先生，小心我一枪打爆你的头！’先生，您留在这看着他，不用害怕，只要您在这，他就不会起疑心。”

我们边说着话，边往远处走了些，以免马蹄声被听到。安东尼奥突然扯掉马蹄上裹着的碎布片，骑了上去。不管我好劝歹劝，还是没能阻止他。

“我只是个穷光蛋，先生，”他说，“能赚两百达克特的机会我可不想错过，更何况还能为民除害。不过也请您小心！如果纳瓦罗醒来了，他肯定会跳起来拿他的枪，到时候您可得当心！我已经决意上路了。您就尽量自己想办法吧！”

这个坏家伙已经上了马，潇洒地用马刺夹了一下马肚子，很快便消失在夜色中。

我对他的这种行为十分气愤，同时也感到很不安。缓了缓神后，我决定回到客店。唐·荷赛依旧睡得正酣，衣服也没脱，毫无疑问这一路上他都没能睡个好觉。我不得不使劲摇了摇他，才把他弄醒。我一辈子都忘不了当时他那凶悍的眼神和抓枪的动作，为了以防万一，我已经把枪拿到了离他床铺较远的地方。

“先生，”我说，“抱歉打扰您睡觉了。不过我得问您个蠢问题。您希望一觉醒来就看到好几个枪骑兵在这晃悠吗？”

---

① 达克特：从前流通于欧洲各国的钱币。

他立马跳了起来，用吓人的声音问我：

“是谁告诉您的？”

“这并不重要，至少现在枪骑兵还没来。”

“您的向导出卖了我，他要为此付出代价！他人呢？”

“我不知道。我猜，可能在马厩吧。是别人跟我说的……”

“是谁？难道是那个老太婆……”

“是一个我不认识的人说的。咱们别浪费时间了，您是打算等枪骑兵来抓你吗？如果不是，那就赶紧走！如果您无所谓，那就祝您晚安，抱歉打扰您睡觉了！”

“啊，肯定是您的向导！就是他！我一开始就觉得他不对劲……不过……我会跟他算账的！再见了，先生。谢谢您今天救了我，愿上帝保佑您！我没您想象中那么十恶不赦。我身上还是有些东西值得您同情的……再见了，先生！我唯一的遗憾，就是无法报答您！”

“唐·荷赛，你要是想报答我的话，答应我以后不要怀疑别人……也不要一心想着报复。这些雪茄送给你路上抽，祝你好运。”我朝他伸出手。

他紧紧地握住我的手，没有说话，然后拿上他的包袱和短枪，跟那个老太婆说了几句我听不懂的方言，就朝马厩跑了过去。不一会儿，我就听到他奔驰而去的声音。

而我，继续躺回到木椅上，不过再也睡不着了。我扪心自问，从绞刑架上救下一个强盗，很可能也是个杀人犯，到底对不对？仅仅因为我跟他分享过食物。我不也背叛了自己的向导吗？他不过是维护法律的秩序罢了。我这样做难道不是置他于险境吗？不过，热情好客不应该也是一种义务吗？

“这只是野蛮人的偏见，”我心想，“我要为这个强盗以后犯下的所有罪行负责。”可是，在良知的驱使下拒绝一切推理，真的是一种偏见吗？可能根据当时的情况，我无法毫无内疚地脱身吧。我正躺在椅子上翻来覆去，不知道自己的行为是否合乎道德，看到六个骑着马的人走过来，安东尼奥非常小心地躲在他们后面。我过去跟他们打了招呼，告诉他们那个强盗在两个钟头以前就已经跑了。他们的队长在审问老太婆的时候，她承认自己认识纳瓦罗，但总不能让她孤身一人，冒着生命危险去告发他。她还说，纳瓦罗每次来她店里，都习惯半夜就动身。至于我，要到十几里以外的地方，出示自己的通行证，还当着镇长的面签了一份陈述书。做完这些，我才可以重新开始我的考古调查。安东尼奥有点生我的气，觉得是我让他损失了二百达克特。不过，我们最后还是在科尔多瓦友好地告了别，分手的时候，在我能承受范围内，我给了他一笔数额不小的赏钱。

二

我在科尔多瓦停留了几天。有人告诉我，多米尼加修道院的图书馆里有一本关于蒙达古城的手稿，里面可能会有很多我感兴趣的内容。好心的神父们热情地招待了我，白天我就呆在修道院，晚上就去镇上四处走走。在科尔多瓦，每到日落时分，总有许多游手好闲的人聚在瓜达基维尔河的右岸。经过这里的时候，人们不得不呼吸着从制革厂散发出的气味，也正是这家工厂，替当地保留着自古以来制革名产地的美名。作为补偿，人们可以在这欣赏到一番独特的景致。在晚祷的钟声响起之前，会有一大群妇女聚集在河边，站在高高的堤岸下面。没有一个男子敢兀自加入。当钟声响起，夜幕降临，等到最后一声钟声敲响，所有的女人都会褪去身上的衣服，走进河里。接着就会传来“哗哗”的水声和嬉笑打闹的声音。男人们坐在堤岸上，欣赏这些在河中沐浴的女人，他们恨不得把眼睛都瞪出来，却也看不到什么。隐约可见的白色轮廓在深蓝色的河水中显现出来，这景象搅动着充满诗意的心灵，稍加想象就会发现，在水中沐浴的正是狄安娜和她的仙女们，而且还不用担心自己会落得阿克泰翁[①]的下场。据说有一天，一帮无赖凑了一笔钱，买通了教堂里的敲钟人，让他提前二十分钟敲响钟声。尽管当时天色很亮，瓜达基维尔河的仙女们却丝毫没有

---

① 阿克泰翁（Actaeon）：希腊神话中的猎人。因偶然看到女神狄安娜沐浴，被她盛怒之下变成一只牡鹿，随后被他所养的猎犬撕成碎块。

迟疑，她们更信任教堂的钟声，全都泰然自若地换上了沐浴的衣服，通常不过寥寥几缕，我没能经历那个场景。我在修道院的时候，敲钟人断不会接受这样的贿赂。暮色幽暗，恐怕除了猫，没人能分辨出人群中，哪个是卖橘子的老太婆，哪个是科尔多瓦最漂亮的商店女工。

一天傍晚，夜色已浓，我正倚着岸边的栏杆抽烟，这时，一个女人从河边的水梯走来，在我旁边坐下。这个女人头上戴着一大束茉莉花，花瓣在夜里散发出诱人的清香。她穿着朴素，甚至有些寒酸，是一件大多数女工晚上都会穿的黑衣。贵妇人们只在白天才会穿黑色的衣服，到了晚上，她们就会穿得跟法国贵族一样。走到我旁边的时候，她包裹头发的丝巾滑到了肩上，借着“星星撒落的点点光芒”①，我看清是一个年轻女子，身材娇小匀称，有一双很大的眼睛。我立即把雪茄扔了，她明白这是法国绅士的礼仪，赶紧跟我说她很喜欢这烟的味道，自己有时候碰到温醇②的香烟也会抽上几口。正巧我烟盒里还剩几支，就立马拿出来给她。她恭敬地取了一支，就着一个小孩递过来的线香点上火，我给了那小家伙一个铜子的辛苦钱。我们在烟雾缭绕中聊了很长时间，最后岸边只剩下我和这位风流女士。我觉得邀请她去内威立雅③吃个冰应该不算冒昧。客套地拒绝了一番之后，她答应了。不过她很想知道现在几点。我摁响了报时器，响声让她觉得十分惊奇。

“这位外国来的先生，拿的是什么神奇的物件啊！先生，您是哪国人？肯定是英国人吧④！”

“在下是法国人，十分乐意为您效劳。您呢，小姐，或者夫人，您应该是本地人吧。”

“不是。”

---

① 西班牙史诗《熙德颂歌》中的诗句。

② 原文为西班牙语。

③ 内威立雅（neveria）：西班牙语，指存放着冰或者雪的咖啡馆。在西班牙，每个村子都有“内威立雅”。——原注。

④ 在西班牙，凡是没有随身携带棉布或丝织样品的人，都被当作英国人，在东方国家也是如此。——原注。

“那至少是安达卢西亚人，我能从您柔和的口音听出来。”

“如果您连别人的口音都听得这么仔细的话，肯定能猜出我是谁。”

“我想您应该来自耶稣的家乡，离天堂只有两步之遥的地方。”

这个比喻说的就是安达卢西亚，是跟我的朋友弗朗西斯科·塞维拉学的，他是个有名的斗牛士。

“算了吧！这儿的人说我们上不了天堂！”

“也许，您是摩尔的子孙……或者……”我没敢接着说她是“犹太人”。

“噢，得了吧！你明知道我是个吉卜赛人！要我帮您算个巴戟[①]吗？难道你从没听说过卡门吗？我就是卡门！”

那已经是十五年前发生的事了，当时我没有宗教信仰，哪怕一个女巫离我这么近，我也没有丝毫惧怕。“好啊！”我心想，“上个星期我才和一个江洋大盗共进晚餐，今天就要去跟魔鬼的仆人共享冰饮。出来旅行就是应该见见世面。”我想结识她还有别的原因。

我必须羞愧地承认，离开大学以后，我曾花费很多时间研究玄学，甚至有几次还试图驱逐阴间的恶灵。尽管我早就戒掉了这种嗜好，但迷信的东西仍然对我有某种吸引力，使我好奇，我当然乐意借此机会，了解下吉卜赛人的妖术，发展到了何种程度。

我们一边聊着，一边走进了内威立雅，找了张小桌坐下。桌上摆着个玻璃球，里面点着一支蜡烛。我这才有时间尽情地观察这位吉卜赛女郎。旁边几位正在吃冰的客人，看到我有此佳人做伴都显得惊讶不已。我觉得卡门小姐不太像是纯种的吉卜赛人，至少，她比我见过的任何吉卜赛女子都要漂亮。在西班牙，一个女人要称得上漂亮，至少要满足三十个条件。或者，你能用十个形容词来形容她，每个形容词在她身体的三个部分都同时适用。例如，她至少有三样东西必须是黑色的：眼睛、睫毛和眉毛；有三样东西必须是纤巧的：手指、嘴唇

---

① 指占卜算命。

和头发，诸如此类。至于其他要求，请参阅布朗托姆①的著作。我的这位吉卜赛女郎并没有这样完美无缺。她的皮肤虽然很光滑，却是古铜色；眼睛尽管有些斜视，但很大很美；她的嘴唇虽然有点厚，但唇形精巧，露出一排像新鲜杏仁般洁白的牙齿。

她散乱的头发有些黑，像乌鸦的翅膀一样带着点蓝色的光，又长又亮。为避免读者厌烦了我拖沓的描述，还是概括点说吧，她身上的每一个缺点都对应着一个优点，而在优点的对照下，缺点也变得格外明显。她的美是一种奇特的、野性的美。她的脸让你第一次见时感到惊奇，却再也不会忘记。特别是她的眼神，混杂着不羁和凶悍，我从没见过这样的眼神。西班牙人常说“吉卜赛人的眼睛是狼的眼睛”，这话是经过仔细观察后得出的结论。如果您没时间去动物园研究狼的表情，看看一只普通的猫在准备捉麻雀时的表情吧。

在咖啡馆里算命，这让人看起来有点可笑。于是，我恳请这位美艳的女巫带我上她家去。她爽快地答应了，不过又问了下现在是什么时候，想让我用报时器再报下时。

“这表是真金的吗？”她专心地看着我的表问。

等我们离开的时候，天色已暗。大部分店铺已经关门，街上也几乎空无一人。我们从瓜达基维尔河的桥上经过，最后在郊区尽头停下，来到一所再普通不过的房子前面。一个小孩给我们开了门，吉卜赛女郎用我听不懂的语言跟他说了几句话，后来我才知道那是一种吉卜赛语，叫“罗马尼”或者“西普加力”。然后那个孩子就不见了，只剩下我俩在一间偌大的房间，房里有一张小桌，两把凳子和一个箱子。我记得还有一瓮水，一堆橘子和一捆洋葱。

确定只剩下我们俩之后，吉卜赛女郎从箱子里拿出一副牌，这副牌显然已经用过很多次；她接着拿出一块磁石和一只干了的变色龙，还有其他占卜必需的物件。然后，她让我用一枚银币在左手上画个十字，占卜就算开始了。至于她的预言，我认为没必要向您陈述，因为

---

① 布朗托姆（1540—1614），法国历史学家、军人及传记作家，著有《著名女子的生活》、《风流女子的生活》等。

她占卜的手法，明显比一般的女巫高明。

可惜没多久，我们就被打断了。大门被突然推开，一个披着棕色斗篷，只露着一双眼睛的男人走了进来，用很不礼貌的语气跟吉卜赛女郎说着什么。我听不懂他的话，不过从语调判断显然他很生气。看到这个人闯进来，吉卜赛女郎既不惊讶也不生气，还跑过去迎接了他，用她之前就在我面前说过的神秘语言，跟男子滔滔不绝地说着什么。

他们谈话中反复出现的“裴伊洛”，是我唯一能听懂的词。我知道吉卜赛人用这个词来形容一切非本族的人。如果他们说的是我，我准备好好解释一番。我的手已经摸到一把凳子的脚，琢磨着找个合适的时机直接砸到那个人的头上，这时那个人粗鲁地把吉卜赛女郎推开，往后退了一步喊起来：

“啊，先生！是您吗！”

我看了他一眼，认出他原来正是我的朋友唐·荷赛。那一刻我的确有点后悔，当初没让他被抓去吊死。

“天哪，居然是你吗，我的好朋友！”我一边尽量微笑着，一边惊呼道，“你打扰到这位女士了，她正要告诉我一些有意思的事呢！”

“肯定又是那套老说辞。迟早得让她改改！”他咬着牙说，凶狠地瞪了她一眼。

然而，吉卜赛女郎继续用方言跟他说话，而且越说越激动。她的眼睛布满血丝，眼神也越来越可怕，表情抽搐，着急得直跺脚。她好像在极力迫使唐·荷赛做一件他不想做的事。至于是什么事，我已经看明白了，因为她正用纤细的手在下巴前来回比画着。我猜她是想割破谁的喉咙，不由得让我觉得很可能就是我的喉咙。对于她的滔滔不绝，唐·荷赛只用干脆的两三个字回答。看他这样冷淡，吉卜赛女郎极为不屑地瞪了他一眼，然后在房间的角落盘膝坐下，挑出一个橘子，剥了皮，吃了起来。

唐·荷赛抓着我的胳膊，开了门，把我带到了街上。我们一言不发地走了大概两百多步。然后他伸手一指。

“往前走，”他说，“您就会看到那座桥。”

说完他就转身快步离去。我垂头丧气地走回客栈，心中颇为不快。更糟的是，当我脱衣服的时候，发现我的表已经不翼而飞。

思来想去，我第二天没去报案，或向市长申请为我搜寻表的下落。结束了修道院手稿的研究工作，我就动身去了塞维利亚。在安达卢西亚晃荡了好几个月之后，我想回趟马德里，路上就要经过科尔多瓦。我没打算久留，因为我对这座美丽的城市和瓜达基维尔河沐浴的仙女们已经有些反感。不过，我还是得去见几个朋友，办几件事，不得不在这个伊斯兰亲王们的古都[①]再住上几天。

刚到多米尼克修道院，一位神父就张开双臂热情地欢迎了我，他对我研究蒙达古战场的事十分感兴趣，见到我就叫道：

“感谢上帝！欢迎回来！我亲爱的朋友。我们都以为您已经死了，我还曾替您的亡灵超度（不过我不后悔这么做）。您居然没被杀掉，不过我们知道您被人抢了。”

“你们怎么会知道？”我十分惊讶地问他。

“噢，就是您那块可以报时的表，每次我们告诉您去听唱诗班唱歌的时候，您就会揿响它。那块表找到了，您去领回来吧。”

“您的意思是……”我略显失礼地打断他，“我明明弄丢了……”

“偷您表的小偷已经被抓起来了，那是个为了钱什么都干得出来的家伙，所以我们都很害怕，以为您被他杀了。我一会儿陪您到市长那去，把那块漂亮的表领回来。这么一来，您可以看出西班牙的法律还是挺管用的。”

“老实跟您说，”我对他说，“我宁愿丢了表，也不想它成为绞死一个不幸小贼的呈堂证供，更何况是因为……因为……”

“啊，您放心好了！他完全是咎由自取，早就该被吊死两回了。不过我不该用吊死这个词。偷您表的人是个贵族。后天他就要接受绞

---

① 八世纪时科尔多瓦被摩尔人占领，曾连续四个世纪作为伊斯兰王国在西班牙的首都。

刑，立马断气那种[①]。所以多偷一样，少偷一样对他来说也改变不了什么。如果他只是偷东西倒还要感谢上帝！可惜他自己承认犯了几桩杀人案，一件比一件骇人听闻。”

“那人叫什么名字？”

“我们只知道他叫荷赛·纳瓦罗，不过他还有个巴斯克名字，恐怕您和我都读不出来。我觉得，这人挺值得见一见，特别对于您这种喜欢研究各国特色的人，更应该趁此机会瞧瞧，在西班牙一个强盗是怎么离开人世的。那人在监狱关着呢，马丁内斯神父可以带您去看他。”

这位多米尼加的老友兴致勃勃地劝我见识下“干净利落的绞刑”的准备工作，我只好勉强接受。去监狱探望之前，我准备了一小捆雪茄带给他，希望他能原谅我这个不速之客。

我被带到唐·荷赛面前的时候，他正在吃饭。他朝我很见外地点了点头，然后谢谢我给他带的礼物。他数了数我放在他手里的那盒雪茄，抽出几根，然后把剩下的还给我，说他抽不了这么多了。

我问他有没有方法可以帮他，比如花点钱或找朋友帮忙。他起初只是耸耸肩，苦笑了一下；不一会，他改变了主意，问我可不可以在他死后帮他做一次弥撒，超度他的灵魂。

他怯怯地继续说：“您能……您能再帮另一个得罪过您的人做一次弥撒吗？”

“当然，我亲爱的朋友，”我回答，“不过据我所知，在这还没有谁得罪过我。”

他紧紧地握住我的手，表情阴沉。沉默了片刻，他又开口了。

“我能斗胆再求您件事吗？您回国的时候大概会经过纳瓦拉，至少会路过离那不远的维特多利亚。”

“没错，”我说，“我是要经过维特多利亚。我很可能得从潘普洛纳绕道走，不过我很乐意为您这么做。”

---

① 十八世纪，西班牙的贵族在执行死刑的时候，所能享受到的待遇。如今，宪政体制下的西班牙，执行绞刑都是如此，减少临刑者的痛苦。

“太好了，如果您去潘普洛纳，会见到很多您感兴趣的东西。那是个美丽的小镇。这个奖牌给您，”他指了指挂在脖子上的一块小银牌。“您最好用纸把它包起来，”他停下来，平复了一下情绪，“您可以把它亲自交给，或者让人带给一位老夫人，她的地址我一会儿给您。请告诉她我已经死了，但别告诉她我是怎么死的。”

我向他保证兑现承诺。第二天我又去见了他，陪了他大半天。从他嘴里听到了接下来这个悲伤的故事。

三

“我的家乡是，”他开口说，“巴兹坦流域的埃利松多镇。我的全名叫唐·荷赛·利萨拉本戈亚，您对西班牙十分了解，听这名字就应该知道，我出身于一个传统的基督教巴斯克家庭。我管自己叫唐，因为这是我的名字，要是在埃利松多我还能给您看我的宗谱。家里人想让我进教堂当神父，让我学这方面的东西，但我不喜欢当神父。我太喜欢打网球了，也正是这玩意毁了我的一生。我们纳瓦罗人只要打起网球，就什么都不顾了。有一天，我赢了一场比赛，一个从阿拉瓦省来的小伙子跟我吵了起来。我们用‘马奎拉斯’[①] 决斗，他还是输给了我。不过我也从此开始了流落他乡的生活。路上我遇到了一帮龙骑兵[②]，就加入了阿曼扎骑兵团。像我这种山里人，很快就学会了怎么打仗。没多久，我就成了下士，人家还告诉我很快就会把我升为中士，不幸的是，正是这个时候，我被安排去看守塞维利亚烟草厂。如果您去过塞维利亚，肯定见到过那幢雄伟的大楼，离瓜达基维尔河不远，就在城墙边上；我现在仿佛还能看到厂房的大门和旁边的警卫

---

① 马奎拉斯：巴斯克人用铁皮包过的棍子。——原注。

② 这个兵种最早出现要追溯到1552—1559年的意大利战争，法国人占领了皮特蒙德（Piedmont），为了对付随时可能在后背出现的西班牙人，当时的法军元帅 de Brissac 命令他的火枪手跨上马背，于是就组建了世界上最早的机动步兵。

室。西班牙士兵站岗的时候，不是在打牌就是在睡觉。而我是个地道的纳瓦罗人，从不肯闲着。我记得当时，自己正用一段铜丝想做一根链条，用来拴住火枪的引火针，突然，我的战友对我说：‘铃响了，女工们要开工了。’先生，要知道，那个厂里可有四五百个女工呢。她们在一间大房子里卷雪茄卷，没有治安署长[①]的允许，任何男人都不能进去，因为每当天热的时候，女工们就穿得很随意，特别是那些年轻姑娘。她们吃完晚饭回来上工的时候，就有许多年轻小伙在那看着她们经过，千方百计地跟她们搭讪。女工们都喜欢丝质头巾，那些情场老手们闲着没事，就会下来看看该对哪个姑娘下手。其他人在那张望的时候，我就坐在门旁边的板凳上。当时我年纪尚轻，很想念家乡，我从不相信漂亮女孩是不穿蓝色裙子，肩上披着两条长辫的[②]。更何况，这些安达卢西亚的女子让我害怕，我跟她们合不来；她们总爱笑话别人——嘴里没几句正经话。于是，我就埋头继续鼓捣我的链子，这时周围的人喊道，‘吉达来了！’我抬起头，看到了她！就是您认识的那个卡门，几个月前就是在她房里我还同您见过面。”

“她穿着一条非常短的裙子，露出她有好几个破洞的白色长筒袜，穿着一双精致的摩洛哥风格的红鞋，能清楚地看到上面系着的火红色鞋带。她把披巾拉下来，露出肩膀，衣服上插着一大束合欢花。她嘴角还叼着一朵盛开的合欢花，她向前走着，腰肢扭捏生姿，像是从克尔瓦多养马场出来的小母马。要是在我的家乡，看到一个女人穿成这样就该画十字[③]了。而在塞维利亚，几乎所有男人都称赞过她的美貌。而她也来一句答一句，把手往腰上一插，一派吉卜赛人大胆不羁的作风。起初，我不喜欢她，就接着低头干活。但是她和所有女人一样，跟猫一个性子，你越不理她她越对你有兴趣。她在我面前停了会儿，朝我开了口：

‘伙计！’她用安达卢西亚的方式叫我，‘能把你这个链子送给我

---

① 负责警察局和城市治安的行政官员。——原注。

② 这是纳瓦罗和巴斯克各省的乡下女子常见的打扮。——原注。

③ 基督教徒画十字一般是为了驱退恶灵。

挂保险箱的钥匙吗?'

"'这是我用来拴引火针的,'我说。

"'引火针!'她笑出声来,'噢!这位先生原来是绣花边的,怪不得需要针呢!'

"所有人顿时哄然大笑,我感到自己已经满脸通红,什么都说不出来。

"'来吧,亲爱的!'她继续说道,'替我绣七尺蕾丝做头巾吧,我可爱的小绣匠!'"

"她拿出衔在嘴里的合欢花,拿拇指朝我弹过来,正好落在我的眉心。老实说,先生,我当时觉得自己仿佛被子弹击中一样,完全不知所措,呆呆地坐在那,像根木头一样。等她走进了厂房,我看到掉在脚下的那朵合欢花,趁别人不注意,鬼使神差地捡起来藏到衣服里。这是我干的第一件傻事。

"两三个钟头过去了,我还对她念念不忘。突然门房表情惊恐,上气不接下气地冲到保安室,对我们说,在卷雪茄的大厅里,有一个女工被人刺伤了,让我们赶紧过去看看。中士叫我带两个人去看看情况。我叫了几个人就上了楼。先生,您可以想象一下这个画面,当我进到大厅以后,首先看到的是几百个女工,几乎没穿衣服,要么在大喊大叫,要么就是边叫边指指点点,房间里嘈杂不已,那动静甚至能盖过雷声。房间的一角,一个女工平躺在地上,浑身是血,脸上有一道刚被刀划出的'X'形伤疤。

"这个受伤的女工旁边一些人正在试图施救,我看到卡门被其他五六个女工抓住不放。受伤的女工叫嚷着,'上帝啊!我要向您忏悔!请允许我忏悔!我就要死了!'卡门一言不发。她咬紧牙关,像变色龙一般转动着眼珠。'怎么回事?'我问她们。费了好大一番劲,我才弄清事情的原委,因为所有的女工都同时说个不停。原来那个受伤的女工吹牛,说自己口袋里的钱多到可以去特里亚纳的市场上买回一头驴。"

“‘咦，’嘴上不饶人的卡门说，‘你有一把扫帚还不够用啊？’[1]被她这么一嘲讽，那个女工可能觉得自己很没面子，就说卡门连扫把都不会用，她根本不配做吉卜赛人或是恶魔的教徒，但是卡门小姐不久之后就会见到自己的驴，因为市长会叫她骑着驴子游街示众，后面还有两个侍从帮她赶苍蝇呢[2]。‘是吗，’卡门反驳道，‘让我在你脸上划两道水渠，好让苍蝇来吸血，我还要再给你划上几道方格[3]！’说完，她就打了那女工一巴掌！开始在她脸上画起了圣安德鲁十字，用的就是她刚切雪茄烟蒂的那把刀。

“‘案情已经很清楚了，’我抓住卡门的手臂，‘小姐，’我用公事公办的语气对她说，‘你跟我来。’她瞥了我一眼，认出是我，泄气地说道：‘走吧，我的披巾在哪？’她用披巾包住头，只露出一只大眼睛，跟着我的两个人走了，就像一头温顺的羔羊。到了警卫室，中士说案情严重，应该把她送进监狱，还让我负责押送。按一般押送犯人的规矩，我让两个骑兵一左一右押着她，就往镇上出发了。起初，这个吉卜赛人默不作声，等我们走到蛇街，您知道，就是那条蜿蜒曲折像蛇一样的街道，她把披巾褪到肩膀上，故意让我看到她魅惑人的精致小脸，然后尽可能转过身子看着我，对我说：

‘兵老爷，您这是要带我去哪啊？’

“‘去监狱，可怜的姑娘，’我用尽可能温柔的语气回答她，像一个好心的士兵对囚犯说话那样，更何况这囚犯还是个女人。

“‘啊！你们要把我怎么样！兵老爷，可怜可怜我吧！您这么年轻，这么英俊。’然后，她用很低的声音对我说，‘放我走吧，我会给您一些巴拉奇，有了这个，每个女人都会爱上您的！’

“‘老爷，巴拉奇是一种磁石，吉卜赛人说只要懂得使用这种磁

---

① 西欧传说巫婆可以骑着扫帚在夜间飞行，卡门是讽刺她你是巫婆，可以骑着扫帚，用不着驴子。

② 古代的西班牙，让巫婆和不正经的女人骑驴游街，后面会跟着两个卫兵用鞭子抽打，就像替她们赶苍蝇一样。

③ 原文是指三桅船。西班牙的三桅船一般把船身漆成红白的方格子。——原注。

石，就可以用它变各种法术。如果把它捣成粉末加在酒里给女人喝，她就永远都会爱着你。’

“我尽可能严肃地回答她：

“‘我可不是来这跟你说这些废话的。你要被送到监狱去，这是命令，没有别的办法。’

“我们巴斯克省人，有着浓重的口音，西班牙人一听就知道；尽管如此，他们却连最简单的‘Bai，jaona[①]’都学不会。

“所以卡门一下就猜出我是哪里人。您知道，这些吉卜赛人居无定所，四处流浪，什么话都会说，而且他们中很多人都住在葡萄牙、法国、特权省、加泰罗尼亚和其他地方。他们甚至还可以跟摩尔人和英国人交流。卡门就非常会说巴斯克语。

“‘我亲爱的朋友[②]，我的心肝好兵老爷。’她突然对我说。

“‘你也是巴斯克人?’

“‘我们的语言真是太美了，老爷，以至于身在外乡听到了，都会激动不已……’这个小妖妇用低沉的声音补充道，‘我希望能有一个来自特权省的神父帮我告解。’”

唐·荷赛停了一会，又继续说起来。

“‘我是埃利松多人，’我用巴斯克语回答她，听见有人说家乡话，我的确很激动。

“‘我是爱扎拉尔人，’她说（那个地方离我的故乡只有四个钟头路程），‘我被吉卜赛人骗到塞维利亚。我在烟厂工作，好挣够钱回纳瓦罗，抚养我那可怜的老妈妈，她在这世上只有我了，除了那一片种着二十株苹果树的小果园。唉！真希望我能回到家乡，抬头望望那座覆满白雪的大山！在这没人看得起我，因为我不是本地人，我不属于这个流氓横行、满街都是专卖烂橘子的骗子商贩的地方；那些臭娘们也都联合起来对付我，就因为我告诉他们就算塞维利亚所有的勇士都拿着刀，也吓不倒我们家乡一个带着蓝色帽子，拿着马奎拉斯的善良

① 巴斯克语：“是，长官”。

② 原文为巴斯克语。

小伙！亲爱的朋友，难道你不想帮帮你的同乡吗？'

"先生，她那是在说谎，她经常说谎。我不知道她这辈子到底说过几句真话，但当她说出来的时候，我无法控制地相信了她。她胡乱地说了几句巴斯克语，我就相信她是纳瓦罗人。虽然她的眼睛、嘴巴和皮肤都足以证明她的吉卜赛血统。我当时真是疯了，不管不顾，心想如果西班牙人敢对我的家乡出言不逊，我一定会割破他们的脸，就好像她干的那样。总之，我就像喝醉了一样，开始说些蠢话，也开始要做一些蠢事了。

"'如果我推您，您就跌倒在地，我亲爱的同乡，'她用巴斯克语说，'这样，那两个卡斯提尔兵就抓不到我了。'"

"老天，我已经忘了自己的命令，什么都忘了，对她说，'好吧，我的朋友，来自家乡的姑娘，试试看吧，愿我们的山之女神能帮你渡过难关。'

"这时，我们经过了一条塞维利亚常见的窄巷。卡门突然转过身来，猛地朝我的胸口打了一拳。我故意翻倒在地。她从我身上跳过，开始飞快地奔跑，只让我们看到她的两条大腿！就是人们常说的巴斯克人的腿！但是她的腿比人们说的还要厉害——脚步飞快、姿势优美。而我，立马站了起来，被自己的长矛[①]挡住了路，我的两个同伴也被耽搁了。然后我就追了出去，他们跟在我后面，不过怎么可能抓得住她呢？我们穿着马靴，腰间挂着剑，还拿着长矛，甭想追上她了。

"还不到我给您说这故事的功夫，这个女囚犯就已经跑得无影无踪了。而且，镇上的妇女都在帮她逃跑，不仅捉弄我们，还故意指错路。我们前前后后追了好一会之后，不得不没能拿到监狱长的证明，就回警卫室了。

"为了推脱责任，那两个士兵说我用巴斯克语跟卡门说过话；而且说实话，他们觉得我不会经不起一个瘦弱女子的拳头，那么轻易就倒在地上。整件事看起来很可疑，或者说太明显了。出了警卫室，我

---

① 所有的西班牙骑兵都配备长矛。

就被撤了职，关了一个月监禁。这是我参军以来第一次受罚。我以为已经到手的中士军章，现在只能道一声永别了！

“关禁闭的头几天非常难受。毕竟，从入伍那天起，我就觉得自己会当上军官。至少，我的两个同乡——隆戈和麦纳就当上了将军。查帕兰加拉也当上了陆军上将，我还同他的兄弟经常一起打网球，他跟我一样也是个好强的家伙。‘如今，’我对自己说，‘你辛辛苦苦维持的没有劣迹的服役记录全完了。现在你身上背着处分，要想重新当上军官，至少要花上之前十倍的努力。’我为什么会把自己弄到这步田地？就为了一个吉卜赛妖妇，她耍了我，现在说不定正在镇上的某个地方干着偷鸡摸狗的伎俩。哪怕这样，我还是忘不了她。您相信吗，先生，她那满是破洞的丝袜，展现出她整条腿的线条，这画面在我面前挥之不去。我常常从监狱的窗户往街上看，路上来来往往的女人中，没有一个人能跟她相比，然后，我忘我地闻着她扔到我身上的那朵合欢花，虽然已经干瘪，却还散发着香甜的气味。如果世上真的有女巫的话，她肯定就是其中之一！

“一天，狱卒走进来，递给我一块阿尔卡拉[①]面包。

“‘给，’他对我说，‘这是你表妹捎给你的。’

“我接过那块面包，觉得十分奇怪，因为我在塞维利亚根本就没有什么表妹。我看着手里的面包想：可能是弄错了，但那面包看上去很好吃，而且味道香极了，于是我决定吃了它，管他是谁给的，管他是不是给我的。

“当我想要把面包切开的时候，刀被不知什么硬物给卡住了。我瞧了瞧，发现了一把小的英式锉刀，看样子是在面包烤好之前就被塞进了面团。另外还有两枚皮斯特金币。于是我知道了，这一定是卡门送来的。对于吉卜赛人来说，自由就是一切，他们宁愿放火烧掉一座城市，也不愿在牢里呆一天。这个女人确实狡猾，有了这把锉刀，我

---

① 阿尔卡拉，离塞维利亚八公里的小镇，出产香甜的小面包。据说是因为阿尔卡拉的水质，做出来的面包才这么好吃，天天都有人送大批面包到塞维利亚去卖。——原注。

就可以不用担心那些狱卒了。一个小时之内，我就能用这把锉刀锯断最粗的栏杆，然后用那两枚金币去最近的商铺，把我的军装换成普通百姓的衣服。一个经常从悬崖边的鹰窝里偷小鹰仔的人，要从约十米高的窗户跳到街上，可不算什么难事。但我没有选择逃走，我仍旧保持着军人的荣誉感，逃跑对我来说是让人不齿的行为。这种怀旧的表示我自己仍然觉得很感动。当一个人在监牢里，想到牢房外面有一个朋友在关心你，总是很高兴的。但这两枚金币让我感觉受到了冒犯，我很想还回去，但上哪去找我的债主呢？这可不是件容易事。”

“被革职之后，我以为磨难就此结束，谁知还面临着另一次羞辱。等我出狱后，上级派我去站岗，像一个小兵那样。你可能无法想象，一个自尊心极强的人在此刻有多么煎熬。我宁愿马上被一枪打死，至少死之前我还可以单独一个人走在队伍的前头；大家都看着我，仿佛我是个大人物。

“我被安排在上校家门口站岗。他是个富裕的年轻人，个性友善，喜欢玩乐。所有的年轻军官都到他家来了，还有很多市民，作陪的还有一些女人，据说是演员。对我来说，好像城里所有人都约好了在这个门口见面，好能盯着我看几眼。这时，上校的马车开了过来，他的男仆坐在车顶。瞧我还看到谁从车里出来，是那个吉卜赛女郎！这次，她打扮得花枝招展，还披着金色的缎带，袍子上镶满了亮片，蓝色的鞋子也闪闪发亮，身上布满了花瓣和蕾丝。她手里拿着一面手鼓，还有另外的两个吉卜赛女子跟着她，一个年轻的，一个年长的。吉卜赛人出来总会有个年长的女子领着；还有一个带着吉他的老头，也是吉卜赛人，他有时候独奏，有时候也替她们的舞蹈伴奏。要知道，这些吉卜赛女子经常要去到这样的家里，表演本族十分特别的叫作“罗玛丽”的舞蹈，更多的时候，则是为了别的目的。

“卡门认出了我，我们互相看了对方一眼。我不知道自己怎么了，那一刻我感到自己仿佛已经从地面飘了起来。

“‘好啊！兵爷，’她对我说，‘兵爷！你站岗的时候好像个新兵啊。’我还没来得及回答她，她就已经进屋了。

“宴会在天井举行，尽管人多，我仍然能透过铁栅栏[1]看到里面的情况。我能听到响板和手鼓的声音，还有笑声和掌声。有时，当她敲着手鼓跳起来的时候，我还能瞥见她的脸。后来，我还听到一些军官对她说了很多话，那些话让我涨红了脸。但我不知道她是怎样回答的。我想，就是从那天起，我开始疯狂地爱上了她，因为有好几次我都差点冲了进去，恨不得拔出剑来，把那些与她调情的花花公子们全都杀死。这种折磨持续了整整一个小时，然后吉卜赛人出来了，坐着马车走了。她从我身旁经过的时候，用那双您也见过的眼睛看着我，低声说道：‘老乡，想吃煎鱼的话，就到特里利亚一家叫里拉斯·帕斯蒂亚的馆子去！’

“然后，她就跟个孩子一样，轻盈地钻进了车里，车夫扬了扬鞭子，这群欢快的人们就不知去往何处了。

“您可能猜到了，我一下班就去了特里利亚，出发前我还刮了胡子，把衣服刷了刷，好像要去参加阅兵一样。她就住在里拉斯·帕斯蒂亚的馆子里，帕斯蒂亚是个卖炸鱼的商人，也是吉卜赛人，肤色黝黑，很多市民到他的店里吃煎鱼，卡门到他店里以后来的人就更多了。

“‘里拉斯，’她一看到我就说，‘我今天不打算干活了，明天嘛，明天的事明天再说[2]！来吧，同乡，我们边走边聊。’

“她用头巾裹住脸，跟我走到了街上，我不知道该往哪走。

“‘小姐，’我对她说，‘我得感谢你送到监狱里的东西。我吃了那块面包；锉刀也帮我削尖了长矛，我想留着那把刀，当是纪念。至于那两枚金币，现在还给您。’

“‘瞧，你还把钱留着！’她叫着，笑出声来，‘不过也好，反正我

---

① 塞维利亚的房屋大多数都有天井，四周围着走廊。夏天人们就在这乘凉，院顶有布篷遮盖，白天往布篷上洒水，晚上则将布篷收起。当街的大门几乎从来不关，通向院子的过道，由一道铁栅栏门隔着，门上有十分精美的雕花。——原注。

② “明天的事，明天再说”是句西班牙谚语。——原注。

也缺钱！管他的！会跑的狗才饿不着呢[①]！走，我们把它全花了！算是你请我。’

“我们走回了塞维利亚，在蛇街的入口，她买了一打橘子，让我放到手帕里。又走了没多远，她买了一个面包、一段香肠和一瓶曼赞尼拉酒。最后走进一家糖果店，把我还她的两枚金币，和从口袋里掏出的另一个金币，还有几枚银币一起扔到柜台上，最后问我身上还剩多少钱。我只剩一比塞塔和几个铜板，就都给了她，而且羞愧于自己只有这么点钱。我以为她会把整个店都搬走，她把店里最好的和最贵的都买了一份，什么糖蛋黄、牛奶糖、果脯等等，直到把钱都花光了为止。所有这些，我得拿纸袋子装着才行。您也许知道灯街吧，那里有一座‘正义使者’唐佩德罗国王[②]的头像。那座头像本可以让我思

---

① 吉卜赛谚语，意思是：会跑的狗，总会找到骨头。——原注。

② 国王唐佩德罗，人称“残暴之人”，而王后“天主教徒伊莎贝拉”总是称他为“正义使者”，唐佩德罗喜欢夜里在塞维利亚的街道上溜达，惹是生非，同回教国王哈隆-阿里-拉希德一样。一天晚上，他在一条僻静的街道上，和一个对恋人唱夜曲的男子争吵起来。最后动起了手，唐佩德罗把这个小伙给杀死了。有一个老太婆听见了击剑的声音，把头从窗门里伸出来，手里提着一盏小灯，照亮了当时的场面。众所周知，佩德罗虽然身手敏捷，体格强健，却有一个十分奇怪的身体上的缺点。他走起路来，膝盖总是格格作响。老太婆一听这个响声就知道是他。第二天，当值班的卫兵来对国王汇报说：“陛下，昨晚有人在某街上决斗，其中一个决斗者已死亡。”——“你查到凶手没有?”——“查到了，陛下。”——“为什么还没有处罚凶手?”——“陛下，小臣在等待你的命令。”——“执行法律吧。”

国王刚颁布过一条法令，凡是决斗的人都应斩首，首级放在决斗地点示众。那个卫兵把案件处理得十分聪明。他把国王一个雕像的脑袋锯下，放在出事地点那条街的一个壁龛中示众。国王和塞维利亚的所有居民都认为处理得很好。这条街就以老太婆的灯来命名，因为老太婆是这件事的唯一目击者。——以上是民间传说，苏尼加叙述这件事稍有不同（参阅《塞维利亚编年史》第二卷第一百三十六页）。不管怎样，在塞维利亚的确有一条灯街，这条街上有一个半身石像据说就是唐佩德罗的像。不幸的是，这半身像是近代作品。旧的雕像在十七世纪时已经剥落，当时的市政府就换上了我们今天看到的那尊雕像。——原注。

绪良多。我们在那条街上的一栋老房子前停下来。她进到过道里，敲了敲楼下的门。来开门的是个吉卜赛人，样子十足是个魔鬼的门徒。卡门用吉卜赛语跟她说了几句。起初，这个老巫婆还嘟嘟囔囔的。为了塞住她的嘴，卡门给了她几个橘子和一把蜜饯，还让她尝了一口酒。卡门还为她披上斗篷，把她送出门外，随手用木栓把门关上。等到只剩下我俩的时候，她突然像个疯子似的笑了起来，还大声唱着，'你是我的罗姆[①]，你是我的罗密[②]。'

"我站在屋子中央，背着她买的东西，不知该放到哪里。她把这些东西全撒到了地上，用手搂着我的脖子说：

'我还自己的债，我还自己的债！这就是加莱[③]的规矩。'

"啊，先生，这一天！这一天！每当我想到这一天，我就忘了还会有明天！"

这个强盗安静了一会，然后重新点燃了他的雪茄，继续说了下去。

"我们一整天都在一起，无论吃饭喝酒，还是干其他事都在一起。当她像个六岁孩子一样吃够了糖果的时候，就把剩下的蜜饯大把大把地扔到老太婆的水瓮里。'这可以帮她做一壶果子露，'她说。她把糖蛋黄弄碎以后扔到墙上，'这样苍蝇就不会来烦我们了。'她拿着这些东西几乎无恶不作，极尽破坏之能事。我对她说想看她跳段舞，可是缺了用来伴奏的响板。她立马抓起老太婆唯一的陶盘，摔得粉碎，跳起了罗玛丽舞，她用陶盘的碎片打着节奏，好像用的是檀木或象牙制成的响板一样。我敢说，跟这样一个女人在一起是不会感到厌倦的！夜幕降临，我听到归队的鼓声。

"'我得回去了，归队的鼓声已经响了。'我对她说。

"'归队？'她神情不满地说，'原来你是个黑奴啊，得让人家拿着

---

① 罗姆：吉卜赛语的"丈夫"。

② 罗密：吉卜赛语的"妻子"。

③ 这是吉卜赛人称呼自己的词。男的为加罗，女的为加里，男女多数为加莱，意思是"黑"。——原注。

棍子赶着你走吗？简直笨得跟金丝鸟一样，怪不得会穿成这样[1]。呸！你连一只鸡的胆子都不如。'

"我留了下来，下定决心准备接受关禁闭的处罚。第二天一早，倒是她先说我得走了。

"'嘿，亲爱的荷赛，'她对我说，'我还了你的债了吗？按我们的规矩，我本就不欠你什么，因为你是个外乡人。不过你长得好看，我喜欢你罢了。现在我们两清了。再见吧！'

"'等到你没这么傻的时候，'她笑着继续说着，然后又正色道，'知道吗，我的朋友，我有点爱上你了；不过这种爱不会长久，就像狗和狼是不可能和平共处的。如果，你也成了吉卜赛人，我可能还愿意当你的老婆。不过这都是些蠢话，因为根本不可能。算了吧！我的小伙子，相信我，你会忘了我的。你遇见的是一个魔鬼，不过魔鬼也不一定就是邪恶的，至少她并没有扭断你的脖子。我穿着羊毛外套，可我并不是一头羊[2]。去吧，为你的圣处女[3]点支蜡烛，她保佑了你，受得起你这礼。来吧，这次真的要说再见了。再也不要想起你的卡门了，不然她该叫一个装着木腿的寡妇嫁给你啦[4]！'

"她一边说，一边打开了门闩，我们重新回到街上，她用头巾裹着自己，转身走了。

"她说得没错。我应该努力不要再想起她。但是经过在灯街的那一天，我满脑子都是她。我每天都在那条街上晃来晃去，希望能够同她偶遇。我向老太婆打听她的消息，甚至还去问过卖煎鱼的商人。他们都跟我说，她早就去了拉罗罗，吉卜赛人是这么称呼葡萄牙的。也许是卡门让他们这么说的，因为我很快就发现他们在说谎。之后的几个星期，我在小镇的一个城门口站岗。城门不远处有一条小路，路边的城墙上有一个缺口。白天，泥瓦匠们就在修补这个缺口，晚上，会

---

① 西班牙龙骑兵的制服为黄色。——原注。

② 吉卜赛谚语。——原注。

③ 圣处女，即圣母。——原注。

④ 指刚被绞死的犯人留下的寡妇。——原注。

有士兵在这看守，防止走私贩子们从这溜进来。一天，我看到里拉斯·帕斯蒂亚在岗亭附近转来转去，还跟我的几个同僚说着话。他们都跟他很熟，因为经常去吃他家的煎鱼和煎饼。他走到我旁边，问我有没有卡门的消息。

“‘没有。’我说。

“‘那么，’他说，‘你很快就会听到她的消息了，老朋友。’

“他说得没错。那天晚上我被派去看守那个缺口。中士刚一走，我就看到一个女人朝我走来。我内心的声音告诉我，那就是卡门。可嘴里还是嚷道：

‘别过来！这不让过！’

“‘喂，别这么吓唬人，’她说，让我知道是她。

“‘天呐！卡门，你怎么在这！’

“‘就是我，我可爱的老乡。咱俩说会儿话吧，很重要。你想赚一多鲁[①]吗？一会儿有人会带着东西从这进来，你放一下行。’

“‘不行，’我说，‘我不能让他们进来，这是我的职责。’

“‘职责！职责！为什么那天在灯街的时候，你就不说职责啦？’

“‘啊！’我叫出声来，想起那天晚上，思绪被搅得一团乱。‘那天晚上的事，就算忘记自己的职责也值得！但我不会要走私贩的钱！’

“‘好吧，既然你不想要钱，那我们去老太婆多洛特那，一起吃个晚饭怎么样？’

“‘不用了！’我这几个字说得太过用力，差点被自己呛到了，‘不行，我不能这么做。’

“‘很好！如果你一定要这么为难我，那我就去找别人。我会邀请你的长官去多洛特吃饭。他看上去比你脾气好多了，而且他会安排一个识趣的哨兵来看守这的。再见啦，金丝鸟先生！你今天坚守职责的行为，可以让我笑好一阵啦！’

“我已经虚弱得没有力气喊她回来，我答应让他们所有人都进来，如果一定要这么做的话。只有这样才能获得我渴望的奖赏。她当下答

---

① 西班牙古银币，价值相当于五个西班牙本位币。

应我第二天会陪我去吃饭，然后招呼着她旁边的朋友进来。一共有五个人，帕斯蒂亚也在其中，每个人身上都背满了英国来的物件，卡门替他们把风。当她看到有巡逻的士兵经过时，就会用响板警告他们，不过压根没有人经过。这些走私贩们很快就都溜了进来。

"第二天，我去灯街找卡门。让我等了一会之后，她出现了，显得很不高兴。

"'我不喜欢老得求着别人，'她说，'第一次你帮了我一个大忙，那时你并不知道会有什么回报。昨天，你就开始同我讨价还价了，我不知道自己为什么要来，因为我已经不再爱你了。给，这是答应你的一多鲁，滚吧。'

"我差点把那枚钱币砸她头上，费了好大的劲我才压抑住自己，没有真的砸她。跟她吵了一个钟头之后，我最后气冲冲地走了。我在镇上闲逛了一会儿，像个疯子一样东游西晃。最后我走进一座教堂，找到一个最阴暗的角落，在那里坐下，流出了滚烫的泪水。这时，我突然听到一个声音：

'龙的眼泪[①]，可以拿来做成迷药呢！'

"我抬起头，看到卡门正站在我面前。

"'好了，我的同乡，还在生我的气吗？'她对我说，'可能我自己都不知道我还爱着你，因为你走了之后，我就完全不知所措了。你瞧，现在是我要请你到灯街去了！'

"于是我们重归于好，不过卡门的脾气就像我家乡的天气一样：总会在阳光最耀眼的时候，突然来一场暴风雨。她答应我会跟我在多洛特家再见一面，但是她食言了。

"老太婆多洛特又跟我说她去葡萄牙了，去忙一些吉卜赛人的事儿。

"之前的经验已经告诉我，这又是骗我的，于是我跑到每一个卡门可能出现的地方去找她，每天最少要经过灯街二十多次。一天晚上，我去了多洛特家，因为时不时地请她喝两杯茴香酒，她已经被我

---

① "龙骑兵"同"龙"在西班牙语里是同一个字，所以卡门才这样说。

给买通了。突然卡门走了进来，后面还跟着一个年轻人，是我兵团里的一个中尉。

“‘赶紧离开这，’她用巴斯克语对我说。我愣在那，满腔怒火。

“‘你在这干什么?’中尉对我说，‘赶紧走，滚出去!’

“我像瘫了一样，一步也挪不动。看我不仅没走，连军帽也没脱，中尉越来越生气，扯着我的衣领粗暴地推搡着我。我不知道当时对他说了什么，他抽出剑来，我的剑也出了鞘。老太婆过来抓住了我的手，中尉趁机用剑刺伤了我的额头，那块疤现在还跟着我。我往后一退，手肘一使劲，就把老太婆顶了出去。这时，中尉步步紧逼，我把剑刺向了他的身体，而他正好迎了上来。卡门连忙把灯灭了，用吉卜赛语对多洛特说，赶紧跑。我自己逃到了街上，漫无目的地拼命跑起来。我感到背后有人跟着我，等我缓过神来的时候，才发现是卡门一直跟着我。

“‘你这个金丝雀大笨蛋!’她对我说，‘除了闯祸你还会什么。好啦，这下你就该知道，我是你的扫把星了。不过，你有了我这个来自罗马的费兰芒女人[①]，没有什么事是不能摆平的。先用这块帕子包一下头，然后把你的皮带扔了。在这个巷子里等着我，我去去就回。’

“她说完就不见了，没多久就不知从哪给我弄来一件条纹斗篷。她让我脱了军装，把斗篷套在衬衣外面。换了身打扮，加上头上包扎伤口的手帕，我看上去像极了一个瓦伦西亚的农民，他们中很多人经常会到塞维利亚卖自制的‘蔟法斯’[②] 饮料。然后，她把我带到巷子尽头的一间房子，这间房跟多洛特家很像。她和另一个吉卜赛女人帮我清洗了伤口，她们比军队里的军医还要细心，接着让我喝了点不知道什么东西，最后让我躺在垫子上，我就睡着了。

“那个吉卜赛女人可能把某种安神药，混在了给我的饮料里，我

---

① 罗马的费兰芒女人，指吉卜赛女人。“罗马”不是指那座不朽的城市罗马，而是指吉卜赛人自己。西班牙人第一次见到的吉卜赛人大概来自荷兰，所以又被称为费兰芒人。——原注

② 蔟法斯：一种球根类植物，根茎可制相当可口的饮料。——原注。

一觉睡到了第二天夜里。醒来的时候有点发烧，还头疼得厉害。过了很长一段时间，我才回忆起前天夜里发生的惨剧。为我包扎好伤口之后，卡门和她的朋友，就在我的床边蹲下，用吉卜赛语交头接耳说了几句话，感觉像是在商量怎么给我用药。然后她俩同时向我保证，我很快就会痊愈，不过等好了以后，我必须马上离开塞维利亚，因为一旦被抓住，我肯定会被枪毙。

"'我亲爱的小伙，'卡门对我说，'你得干点事才行，现在国王既不会给你饭吃，就更别说鲟鱼①了，你得靠自己过活。你这么笨，做不了小偷②。不过，你很有勇气而且说干就干，胆子够大的话，可以去海边走私。我不是答应过你，要把你送上绞架吗？被绞死可比被枪打死好多了。况且，如果你干得够好，在宪兵③边关守卫抓到你之前，你过得不会比王子差多少。

"这个小妖妇就这样，用极富蛊惑的话，给我规划好了今后的生活。不过这确实也是我唯一的出路，因为我已经犯下了死罪。还用得着对您说吗，先生？她没费多大功夫就说服了我。对我来说，这种漂泊而且危险的生活，仿佛把我跟她绑得更紧了。我想，总有一天能证明她对我的爱。

"我常常听说有走私贩往来于安达卢西亚附近，他们骑着骏马，后面跟着情妇，手里还总攥着杆枪。我仿佛已经看到自己翻山越岭、东奔西走，后面还跟着个美丽的吉卜赛女郎。当我跟她提起这种想法的时候，她笑得前仰后合。然后说没有比在野外露营过夜更美好的事了，露营的时候，每个罗姆都带着他的罗密钻进他们的小帐篷，这个帐篷是用一条毯子穿过三个轮箍做成的。

"'如果我真的要去山里当土匪，'我对她说，'我就对你放心了，在那，绝对不会再有哪个中尉能从我手里把你抢走。'

"'哈！哈！你吃醋了！'她说，'这对你来说可不太妙。你怎么可

---

① 西班牙士兵通常都是吃米饭和鲟鱼。——原注。

② 指巧妙地偷，而非使用暴力进行盗窃。——原注。

③ 西班牙的一种志愿兵。——原注。

以这么傻呢？难道你看不出来我很爱你吗，至少我从来没问你要过钱。’

“当她说这话的时候，我高兴得几乎想把她掐死。

“长话短说，卡门给了我一身平民的衣服，我穿着这身衣服没被人认出来，溜出了塞维利亚。我去了赫雷斯，凭着帕斯蒂亚给的一封信，找到了一个卖茴香酒的商人，走私贩子们通常都在他的铺子里碰面。他把我介绍给他们，他们的头儿叫唐卡尔，让我入了伙。我们先去高辛，在那我又见到了卡门，她之前告诉过我要在那碰面。每次出行，她都像间谍一样替我们打探好，在打听消息这方面，我没见过比她干得更出色的人。她从直布罗陀回来的时候，已经跟一个船长谈好了一桩买卖，他会运一舱英国货回来，到时我们会去岸边卸货。我们在艾斯特博纳附近等着，藏了一部分货在山里，剩下的都背到了朗达。卡门先到，这次又是她告诉我们，什么时候进城比较好。第一笔生意和之后的几笔生意，都进行得比较顺利。我发现当走私贩比当兵要开心多了：我给卡门买了些礼物。我不仅手头有几个钱，甚至还有了情妇。我几乎没什么可后悔的，就像吉卜赛人说的：‘快乐的人从来不用搔痒。’我们在哪都受到很好的招待，同伴们待我也不错，甚至还对我有些敬意，因为我杀过人，而他们中不是每个人都有这样的秘密。新生活对我来说，最大的价值就是能经常看到卡门。她对我殷勤异常，不过却从不肯在其他人面前承认自己是我的情妇，还让我发誓，不要跟他们谈论她的事。在她面前，我简直毫无招架之力，她说什么就是什么。另外，这也是她头一次对我摆出一副正经女人的架势，让我单纯得以为她真的已经痛改前非。

“我们这伙人，一共有八到十个人，除了拿主意的时候，基本都没在一起，通常都是三两成群地分散在城里或村子里。每个人都假装做着一桩生意，有人做补锅匠，有人做马夫；我本来是被安排做卖针线的货郎，但为了在塞维利亚犯的事不穿帮，我很少在人多的地方现身。一天，几乎晚上的时候，我们约好在威格尔碰面，唐卡尔跟我到得最早。

“‘很快就有个新伙计要加入我们了，’他对我说，‘卡门刚干了件漂亮活，帮她在塔利法充军的罗姆逃了出来。”

“因为周围的人都说吉卜赛语，所以那时我已经多少能听懂一些，‘罗姆’这个词让我心头一惊。

“‘什么！她的丈夫？她结过婚？’我问唐卡尔。

“‘是啊！’他回答，‘她嫁给了独眼汉格拉西亚，是一个像她一样狡猾的吉卜赛人，那个可怜的家伙被判服苦役，卡门就迷惑了看守驻地的军官，为的就是让他能逃出来。多么忠贞啊！那个女人能值跟她一样重的金子。两年来，她一直都试着把她的罗姆救出来，但一直没成功，直到最近上头把狱医给换了。看来，她很快就搞定了这个新来的家伙。’

“您应该不难想象，我得知这个消息时的心情。很快，我就见到了独眼汉格拉西亚。他是吉卜赛人中长得最丑的一个莽夫，皮肤黑，心更黑，是我有生以来见过的人里，最彻头彻尾的恶棍。卡门跟他一起到了，她当着我的面叫他罗姆，等格拉西亚的头刚转开，她又对我挤眉弄眼，做着鬼脸。

“我很生气，一晚上没跟她说话。第二天一早，我们就起来收拾行李，继续上路，这时我们发现有十几个骑兵跟着我们。这些平时爱吹牛的安达卢西亚人，常常叫嚣着要杀掉每一个靠近他们的家伙，这会儿全都哭丧着脸，落荒而逃。只有唐卡尔、格拉西亚、一个来自艾希哈叫达多的英俊小伙和卡门还保持着镇定。其余的人，都丢掉了骡子，逃进骑兵进不去的峡谷里。看来骡子是留不下了，于是我们赶紧把最值钱的货卸下来，扛在肩上，准备越过最陡的斜坡来摆脱追兵。我们先把货包扔到前面，跟着一路用脚后跟蹭着滑了下去。这时，那些骑兵朝我们开枪了。我第一次听到子弹在耳边呼啸而过的声音，倒也没觉得有什么大不了。有女人在场的时候，怕死可是不行的。我们全都逃了出来，只有可怜的达多腰部中了一枪。我把身上的货包扔开，努力想把他拽起来。

“‘傻子！’格拉西亚朝我叫道，‘我们要这个废物干吗！赶紧干掉他，别忘了把他的棉袜拿上！’

“‘把他扔下！’卡门吼道。

“我实在是精疲力竭，就顺从地把他放在了一块岩石底下。格拉西亚走过来，拿起短枪，对着他的头就是一枪。‘现在看谁还能认得出他！’他边说边看着达多那张被打成肉酱的脸。

“瞧，先生，这就是我自己选择的安逸生活！那晚我们走进一片灌木林，疲惫不堪，也没东西吃，没有骡子，货物也压得我们喘不过气。您猜格拉西亚那个恶魔干了什么？他从口袋里摸出一副牌，点着火跟唐卡尔玩起来。这时，我躺在地上，看着满天繁星，想着死去的达多，心想，死的要是我该多好。卡门在我的身旁蹲下，时不时打着响板，哼着一些小曲。然后凑到我耳边，像是要对我说悄悄话的样子，不管我愿不愿意，吻了我两三次。

“‘你这个魔鬼。’我对她说。

“‘你说对了，’她回答。

“休息了几个钟头之后，她就动身去了高辛，第二天早上，一个小羊倌给了我们些吃的。我们在林子里又呆了一整天，到了晚上，就开始慢慢往高辛走。我们期待能有卡门的消息，却音讯全无。天亮的时候，我们看到一个赶骡子的人，骡子上坐着一个穿着精美、打着洋伞的妇人，后面还跟着一个像是侍女的小姑娘。格拉西亚对我们说：‘看到没，这两头骡子和两个女人肯定是圣尼克给我们送来的。我倒宁愿要四头骡子，不过没关系。我去把他们弄来。’

“他操起短枪，沿着小路走过去，藏在旁边的灌木丛里。

“我跟唐卡尔跟在他后面不远。那个女人看到我们的时候，不仅不害怕——我们的穿着足够吓死别人——相反，她哈哈大笑起来。‘啊！你们这些傻蛋！把我当成个贵妇人了！’原来是卡门，她乔装得太妙了，要不是说的是吉卜赛语，我绝对认不出是她。她从骡子上跳下来，小声跟唐卡尔还有格拉西亚说了一会儿话。然后对我说：

‘金丝雀，在你被绞死之前再见吧。我现在要去直布罗陀做些买卖，你很快就能听到我的消息。’

“她告诉我们一个地方，说可以上那呆几天，然后就走了。这个女人简直是我们的福星。很快，我们就收到了她寄来的一些钱，和一则很重要的消息：过两天，会有两个从直布罗陀去各达纳拉的英国地主，会经过她告诉我们的一条路。聪明人一听就知道该怎么干，他们身上装满了货真价实的金币。格拉西亚说直接杀了他们，我跟唐卡尔都不同意这么干。最后，除了急需的衬衣，我们就只拿钱和手表。

“先生，一个人误入歧途的人是后知后觉的。一个美丽的女人迷住了你的心窍，为了她你同人争斗，灾难从此降临，你不得不逃到山里，还没等你细想，自己就已经从走私贩变成了强盗。劫了这两个英国地主之后，我们意识到直布罗陀附近已经不宜久留，于是就到龙达的深山里去了。您跟我说起过荷赛·马利亚，没错，我就是在那认识的他。他外出抢劫总会带着他的情妇。那是个美丽的女人，安静寡言，温顺知礼，从没听她说过一句脏话，而且对荷赛也是死心塌地。而他，却带给她不幸，总是到处拈花惹草，待她也不好，有时还会假装吃醋。一次，荷赛刺了她一刀。您猜怎么着，她居然因此更加爱他了！女人，特别是安达卢西亚的女人就是这样。这个女人对自己手臂上的刀疤十分骄傲，会像炫耀世上最美的事物那样炫耀她的刀疤。此外，荷赛还是个不讲义气的家伙。我们有一次一起干了桩活，他计划把所有的好处全拿走，把烂摊子留给我们收拾。不过我还是言归正传吧。我们再没从卡门那得到任何消息。唐卡尔说：‘我们中得派个人去直布罗陀跟卡门联系。她肯定计划着什么买卖。我本来可以去的，但我在直布罗陀熟人太多。’独眼汉也开口了：

‘那儿认识我的人也不少。我没少糊弄那些龙虾们[①]，再说，我只有一只眼睛，太打眼，不好伪装。’

“‘看来，只能我去了，’我说，窃喜于能再次见到卡门。‘好吧，我该怎么做?’

“他们跟我说：

‘你可以从海上走，也可以从圣克罗走，随便你走哪条路；到了直布罗陀，去码头找一个叫胖娃娃的巧克力贩子，她会告诉你那边的情况。’

---

① 这是西班牙人给英国兵起的绰号，因为英国兵制服是红色的。——原注。

“于是我们一起走到高辛山岭，我在那跟同他俩分手，自己扮成水果贩子，去了直布罗陀。在龙达，一个同伴帮我做了张通行证，在高辛，又有人给我弄来一头驴。

“我在驴背上装满橘子和蜜瓜，就上路了。等到了直布罗陀，我发现很多人都认识‘胖娃娃’，有的说她已经死了，有的说她被抓进了牢里；由此猜想，可能就是因为她的失踪，才让卡门同我们失去联系。我把驴安顿好，带着橘子进了城，假装卖着水果，实际上是想看看能不能遇上认识的人。好像全世界的坏蛋都在这集合了，这里简直就是圣经里描述的巴别塔，你每走十步就能听到好几种不同的语言。我看到有一些吉卜赛人，但我不敢贸然上前跟他们攀谈。我在打量他们的同时，他们也在打量着我。我们都猜到了对方应该是土匪，关键是我们是不是一伙的。我在城里闲逛了两天，什么都没打听到，不管是胖娃娃还是卡门，都毫无线索，这天，太阳快下山了，我走在一条街上想买点东西，然后打算尽快回去跟同伴会合，这时，从一扇窗户里传出一个女人的声音：‘卖橘子的！’

“我抬起头，看到卡门在一间房子的阳台上往外看着我，旁边还有一个穿着红衣带着金勋章的军官，头发卷曲，完全是个有钱老爷的模样。至于卡门，她也穿得很华丽，肩上围着披肩，头上插着一把金梳子。身上全是绸缎做的衣服；这个小妖妇，一点也没变，又笑得前仰后合。

“那个英国佬用蹩脚的西班牙语叫我上楼，说这位女士想要些橘子，这时，卡门用巴斯克语对我说：

‘快上来，别大惊小怪的！’

“没错，她做什么我都不会觉得惊讶。再次见面，我也不知道自己是高兴还是难过。走到门口，就有一个油头粉面的英国侍者把我领到了金碧辉煌的大厅。

“一看到我，卡门就用巴斯克语对我说：‘你装作不会说西班牙语，也从来没见过我。’然后转身对英国佬说：

‘我说得没错吧，我一眼就认出他是巴斯克人。你听听他的口音多奇怪，看上去也傻极了，像只被抓住的猫！’

“‘你也好不到哪去，’我用巴斯克语对她说，‘你就像个荡妇，我恨不得当着你情郎的面，在你脸上划两刀。’

“‘我的情郎？’她说，‘亏你想得出！这个白痴的醋你也吃？你简直比在灯街那晚之前更傻了！看不出来吗，你这傻子，我现在是在做买卖，而且做得很不错！这栋房子已经是我的了，这个小龙虾的钱也会是我的！他对我言听计从，我不会让他逃出我的手心！’

“‘如果再让我逮到你做这种生意的话，我会让你再也不敢有下次！’我对她说。

“‘啊！还管上我了？你以为你是谁，我的罗姆吗？居然对我指手画脚，独眼汉都没说什么，你倒管上了！你可是我现在唯一称作爱人的人，还不满足吗？’

“‘他说了些什么？’那个英国佬问卡门。

“‘他说他口渴，想要杯水喝，’卡门回答，然后往后仰躺到沙发上，被自己的翻译弄得哈哈大笑起来。

“先生，当这个女人笑起来的时候，其他人就别想正经说话了。大家都跟着她一起笑起来，那个高个儿英国佬也笑了，像个十足的傻瓜，还吩咐侍者给我拿些喝的。

“我正喝水的时候她对我说：‘看到他手上的戒指了吗？你要是喜欢，我就能给你弄过来。’

“我回答她：‘我宁愿废掉一根手指，也要把你的英国情郎扔到山里，然后用马奎拉斯跟他决斗。’

“‘马奎拉斯？那是什么？’英国佬问道。

“‘马奎拉斯啊，’卡门边笑边说，‘就是橘子的意思。这词是不是很奇怪？他说想请你吃些橘子。’

“‘哦，是吗？’英国佬说，‘好啊，明天给我送些来吧。’

“这时，侍者走进来告诉我们晚餐已经准备好了。英国佬起了身，给了我一皮斯特，然后伸手搂住卡门，好像她不会自己走路似的。卡门还在笑个不停，转身对我说：‘我的小伙，不能邀你一起吃晚餐了。明天，一听到游行的鼓点，你就带着橘子到这来。你会找到一间陈设得比灯街那间更好的房子，你再看看我还是不是你那个亲爱的卡门。

然后，咱们商量下买卖的事。’

“我没回答她，出了门还能听到英国佬在嚷着：‘明天多带点马奎拉斯来！’卡门又在哈哈大笑。

“我往前走着，不知道该怎么办；我几乎没睡着，第二天早上，我对这个狡猾的妖妇实在很生气，于是决定不跟她见面，直接离开直布罗陀。这时，鼓点响了起来，我没敢真的一走了之；拿起整袋橘子，直奔卡门住的地方。她的窗户没完全关死，留了一点点缝隙，我看到她正用那双又黑又亮的眼睛窥伺着我。那个油头粉面的侍者立马把我带了进去。卡门把他支开，等到只剩下我俩的时候，卡门马上发出她鳄鱼般的笑，然后伸手搂住我的脖子。我从没见过她这么美。她穿得像女王一般，身上喷了香水；房里有丝质的饰品和刺绣的帘子，而我却穿得像个小偷！

“‘爱人，’卡门说，‘我真想把这砸个稀巴烂，再一把火烧了，跟你一起逃到山里去。’她边笑边戏弄着我，然后跳起舞来，边跳边把身上多余的装饰物都扯了下来。就算是猴子，撒欢的时候都不会像她那天那样的扮鬼脸和发疯。好不容易等她闹够了。

“‘听着，’她说，‘这可是在做买卖。我打算叫他带我去龙达，我姐姐在那当修女’（说到这她又大笑起来）。‘我们会经过一个地方，回头我会告诉你地名。到时，你们就扑到他身上，来个突然袭击！最好能直接要了他的命，’她加了一句，露出她特有的坏笑，那种笑容不管谁看了都不会想要模仿，‘你知道该怎么办吗？让独眼汉走在你前头，你在后面呆着。这个龙虾胆大心细，而且还有把好枪。听明白了吗？’

“说完她又发出一阵大笑，让我不由得一颤。

“‘不，’我说，‘我恨格拉西亚，可他是我的同伴。总有一天，我会为你杀了他，不过我跟他的恩怨，要用我家乡的方式来解决。就像俗话说的，我无意中成了吉卜赛人，但办事还是要按纳瓦罗人的方式来。’

“‘你这个傻瓜，’她反驳我说，‘笨蛋，脑筋不转弯的外乡人。你

就像个矮子，把口水吐得很远，就以为自己个子很高①。你根本不爱我！你走吧！’

“我在直布罗陀又呆了两天。她竟大着胆子，乔装了一番就到旅店来见我。我动身了，心里自有一番打算。我往回走到约定见面的地点，我已经知道卡门和那个英国佬会经过哪条路，还有经过的时间。我发现唐卡尔和格拉西亚已经在那等我。我们在林子里睡了一晚，用松树枝生了堆火，火烧得特别旺。我跟格拉西亚说想玩会儿牌，他同意了。打到第二局的时候，我就看出来他在使诈，他笑起来，我把牌扔到他脸上。他想要拿枪。我一脚踩在上面，对他说，‘他们说你用刀的手法，比得上马拉加最好的土匪，敢跟我比划比划吗？’唐卡尔想过来劝架。我打了格拉西亚几拳，愤怒让他勇敢起来，他抽出刀，我也跟着抽出我的。我们一齐对唐卡尔说，不要管我们，让我们决斗到底。他看已经阻止不了我们，只好站在一边。格拉西亚半弓着身子，像一只要扑向老鼠的猫。他左手拿着帽子当盾，右手把刀拿在身前，这是安达卢西亚人的防御方式。而我则用纳瓦罗的方式站着，左手上扬，左腿前倾，刀子靠着右腿。我觉得自己比任何一个巨人都要强大。他像支箭一般，朝我冲来。我左脚往后一退，让他扑了个空；我的刀却刺进了他的喉咙，刺得太深，我的手已经碰到了他的下巴。我转了下刀柄，刀就断了。决斗结束了。刀抽出来的时候，喷出跟我胳膊一样粗的血柱，他直接脸朝下，倒在地上。

“‘你看你都干了什么？’唐卡尔对我说。

“‘听着，’我说，‘不是他死就是我死。我爱卡门，我想成为她唯一的爱人。更何况格拉西亚是个恶棍，别忘了他是怎么对可怜的龙达的。现在只剩我俩了，不过你我都算是好汉。来吧，你愿意跟我成为生死不弃的朋友吗？’

“唐卡尔伸出了他的手，他已经是个五十多岁的老头了。

“‘让这些男欢女爱都见鬼去吧！’他叫道，‘如果你向他要卡门的

---

① 吉卜赛俗语，意思是：矮子的勇敢，表现在他能把唾沫吐得很远。——原注。

话，他一皮斯特就会卖给你！现在只剩咱俩了，明天的事怎么办？'

"'让我一个人来干吧，'我回答，'现在全世界都不被我放在眼里了。'

"我们埋了格拉西亚，搬到两百步之外的地方。第二天早上，卡门和英国佬带着两个驴夫和仆人出现了。我对唐卡尔说：'我负责对付英国佬，你去吓唬另外那几个，他们都没有武器。'

"这个英国佬还挺勇敢。要不是卡门撞了一下他的胳膊，我差点被他打死。

"长话短说，我那天把卡门赢了回来，我第一句话就告诉她，她成寡妇了。

"当她知道了事情的来龙去脉……

"'你总是这么傻！'她说，'格拉西亚真该把你杀了。你那纳瓦罗的招式根本就不抵用，他以前可是把比你还厉害的家伙都送上了西天。只是他死期已到，你也离死期不远了。'

"'啊，如果你不肯做只忠于我的罗密，你也活不长！'

"'那就这么办吧，'她说，'我不止一次在咖啡渣里看到我们会同归于尽。管他的！听天由命吧！'说完她打起了响板，她通常都是用这种方式驱赶忧思。

"一个人一旦说起自己的事，就容易忘乎所以。这些小事肯定让您觉得很无聊，不过我的故事就快要说完了。我们过了挺长一段时间的好日子。唐卡尔和我召集了几个同伴，比我们之前那帮人要可靠，我们重新开始干起了走私的营生。不瞒您说，我们偶尔的确也会拦路抢劫，但都是实在没法子了，才会这么干；此外，我们只拿钱，从不伤害旅客。

"那几个月，我对卡门很满意。她仍然会帮我们出谋划策，也会告诉我们上哪可以做一笔好买卖。她有时在马拉加，有时在科尔多瓦，有时在格拉纳达，不过，只要我一句话，她就会放下手头的事，到僻静的客店来找我，有时我们甚至露宿野外。只有一次，是在马拉加，她让我有些不愉快。我听说她看上了一个有钱的商人，打算在他身上再耍一次直布罗陀的那套把戏。不顾唐卡尔的极力劝阻，我还是在大白天就进了马拉加城，找到卡门直接把她带了回来，我们大吵了一场。

“‘你到底懂不懂，’她说，‘你现在已经是我的罗姆了，我不可能像爱一个情人那样爱你了！你不用替我操心，也休想命令我。我想怎么样就怎么样。你最好别太逼我，要是哪天我烦了，会找个人来对付你，就像你对付独眼汉一样。’

“唐卡尔做着我俩的和事佬；但是我们说的话已经伤了对方的心，再也不像从前那样了。没多久，我们就遭遇了不幸：军队对我们发起了突袭，唐卡尔和两个同伴被打死；另外两个人也被抓走。我受了重伤，要不是我的马救了我，肯定也会被他们抓走。我浑身乏力，身上中了一枪，几乎快要死了，只能和唯一幸存的一个同伴躲在树林藏身。我从马上下来后，马上昏死了过去，我以为我会像被射杀的野兔那样，死在这片树林里。同伴把我背到了一个他知道的山洞里，就去找卡门了。

“她当时在格拉纳达，得知消息后马上赶来找我。整整半个月，她几乎时刻都陪在我身边，没合过眼，精心照料着我，从来没有一个女人能把心爱的男人照料得这么细致。等我能自己站起来的时候，她立刻悄悄地把我带到格拉纳达。吉卜赛女人在哪都能找到藏身之所，接下来一个半月，我就住在离法官家只有两扇门的房子里，而法官还在四处搜寻我。我不止一次从百叶窗后面看到他经过。最后，我康复了，养伤的这段时间我思考了很多，打算不再过这样的生活。我劝卡门离开西班牙，去另一个地方过安稳的日子。她当着我的面笑起来。

“‘我们生来就不是安分的家伙，’她嚷着，‘我们注定要过漂泊的日子！听着：我在直布罗陀跟纳森·本·荷赛谈了一笔生意。他手里有棉货，就等你去弄过来，他知道你还活着，而且很看得起你。你要是不干，我们怎么跟直布罗陀的联络人交代？’

“卡门再次说服了我，我又干起了肮脏的买卖。

“我躲在格拉纳达的时候，城里正在举行斗牛赛，卡门去看了。她回来以后，说了一大堆关于一个技巧娴熟的斗牛士的事，那人叫卢卡斯。她连他骑的马叫什么，身上穿的刺绣外套花了多少钱都打听清楚了。我对这些丝毫没在意；几天之后，唯一剩下的同伴华尼托跟我说，他在扎克廷的一家商场里看到卡门和卢卡斯在一起。我这才开始有所警觉，我质问卡门为什么要去认识这个斗牛士。

"'他很有利用价值，'她说，'发出声响的小溪，里面不是有水就是有石头[①]。他已经靠斗牛挣了一千二百里尔[②]了。这件事只有两种可能：或者我们劫了他的钱，或者，他骑术不错也很勇敢，可以入我们的伙。我们已经损兵折将，可以让他补上这些空。拉他入伙吧！'

"'我既不想要他的钱，也不打算让他入伙，'我回答她，'而且我不准你跟他说话。'

"'你可要当心，'她反驳道，'如果有人不让我做什么，我偏要马上去做。'

"幸好那个斗牛士去了马拉加，我也开始准备把犹太人的棉花走私进来。为了这桩买卖，我跟卡门都日夜奔波。于是，我把卢卡斯给忘了，卡门可能也忘了他，至少暂时忘了。先生，我差不多就是在这个时候遇见了您，先是在蒙蒂利亚，后来又在科纳多瓦，最后那次的碰面我也不用多说，您也许比我更清楚是怎么回事。卡门偷了您的表，还想要您的钱，特别是您手上戴的戒指，她说那是一枚魔戒，她必须将它占为己有。我们为此大吵了一场，我动手打了她。她脸色惨白，哭了起来，这是我第一次看到她哭，这让我格外难受。我请求她的原谅，但她一整天都不理我，当我准备动身去蒙蒂利亚的时候，她甚至都不肯吻我一下。我当时很难过，不过三天之后，她就又跟从前一样，满脸带笑地来见我，好像什么都没发生过，我们像是一对正在度蜜月的恋人。临别的时候，她对我说，'科尔多瓦有一场大赛，我想去瞧瞧，看到可以下手的有钱人就通知你。'

"我让她去了。她刚一走，我就开始寻思这个赛会，还有她态度的突然转变。'她肯定已经在报复我了，'我暗自想着，'这次是她先同我和好的。'一个农民告诉我，科尔多瓦现在正在进行一场斗牛赛。

---

① 吉卜赛俗语。

② 十七世纪西班牙的货币，1 里亚尔＝8 铜比索。

听完，我的血气直冲头顶，像个疯子一样径直朝斗牛场跑去。有人给我指出了卢卡斯，同时我也看到卡门就坐在围栏对面的凳子上。她在这，就足够证实我的怀疑了。当第一头牛出栏后，卢卡斯果不其然开始献起了殷勤，他摘下牛身上的花结[①]送给卡门，她马上把它插在了头上。

“那头牛帮我出了口气，卢卡斯连人带马被它撞到地上，马还从他胸口踩了过去。我看了看卡门，她已经不见了。我却被挤在人群中出不去，只得等到比赛结束。之后，我就去了您知道的那间房子，一声不响地在那等到深夜。快凌晨两点的时候，卡门回来了，看到我显得十分惊讶。

“‘跟我走，’我对她说。

“‘好吧，’她说，‘那就走吧！’

“我去牵了马，让她坐在我身后，然后赶了一晚上路，什么也没说。天亮的时候，我们在一个孤零零的旅店停了下来，那附近有一个修道院。这时，我对卡门说：

‘听着，我什么都忘了，我也不会再跟你提起。不过你要向我保证，你愿意跟我到美洲去，在那过安分守己的生活！’

“‘不，’她生气地说，‘我不想去美洲，我在这儿很好。’

‘那是因为你可以留在卢卡斯身边。但我敢肯定，就算他能治好，也活不久。何况，我为什么要恨他呢？我已经杀够了你这些情人了，这次我就要杀了你。’

“她用那双野性十足的眼睛直直地看着我，对我说：

‘我早就知道你会杀了我。第一次见到你之后，我就在家门口遇见了一个教士。昨晚，离开科尔多瓦的时候，难道你没注意到什么吗？一只野兔从你那匹马的蹄子下跑了过去[②]。这都是命中注定。’

---

① 花结是用绸带系成，结的颜色说明牛来自哪个牧场。花结用钩子挂在牛身上，如果能从活牛身上取下来花结，送给一个女人，是非常浪漫的行为。——原注。

② 民间迷信认为，看见教士和兔子，是灾祸降临的先兆。

“‘卡门，’我问她，‘你还爱我吗？’

“她没有回答我，跷着二郎腿坐在一张席子上，用手在地上画着什么。

“‘别再过这种日子了，卡门，’我哀求她，‘我们去别的地方生活吧，再也不分开。你知道，离这不远的橡树下，我们还埋着一百二十盎司的金币，而且本·荷赛还要给我们一笔钱。’

“她笑了笑，然后对我说，‘我先死，你再死。我就知道事情会变成这样。’

“‘你好好想想，’我说，‘我已经忍够了，胆量也快磨没了。赶紧做个决定吧，否则就让我来决定。’

“我留下她一个人，自己走到了那家修道院。刚到门口，就看到一个神父正在祷告。我等到他结束祷告才进去。我也很想去祈祷，可是我不会。当他站起来的时候，我走了过去。

“‘神父，’我对他说，‘您愿意为身处险境的人祈祷吗？’

“‘我愿意为每一个受难的人祈祷，’他回答。

“‘您能为一位将死之人做一台弥撒吗？’

“‘当然，’他目不转睛地看着我说。

“他发现我有些不对劲，试图让我多说些话。

“‘我好像在哪见过您。’他说。

“我在他的凳子上放了一皮斯特。

“‘您什么时候主持弥撒？’我问。

“‘半个小时后。客店老板的儿子等下会来帮我。年轻人，是不是有什么事让你的良心不安？你愿意听一个基督徒的忠告吗？’

“我差点就哭了出来，我告诉他过会儿再来，就赶紧走了。我走出去躺在草地上，直到听见教堂的钟响。我重新走回修道院，不过没有进去。弥撒结束后，我回到客店，希望卡门已经逃走，她大可以骑着我的马一走了之。但我发现她还在，大概是不愿别人说她是被我吓走的。在我离开的这段时间，她把外衣的缝边拆开，拿出放在里面的铅条；她当时正坐在桌子前，直勾勾地盯着一碗水，水里是刚被她融掉的铅条。她太专注于自己的魔法，以至于没发现我已经回来。她有时会拿起一块铅条，带着忧郁的眼神把它转来转去；有时还会唱一两首有魔法的歌曲，寻求唐·佩德罗的情人玛利亚·帕德拉的帮助，那是吉卜赛人传说中伟大的女王[①]。

“‘卡门，’我叫了她一声，‘能跟我出来下吗？’她站起来，把木碗推开，用头巾裹住头，准备跟我出去。我已经让人把马牵了出来，她从我背后上了马，我们出发了。

“走了一会，我对她说：‘卡门，你愿意跟我走，是吗？’

“她回答：‘是的，我愿意跟你一起死，但不愿意再跟你一起生活。’

“我们走到了一个孤僻的山岭，我让马停了下来。

“‘是这吗？’她问我。

“她从马上跳了下来。扯开了头巾，扔到脚边，毫无表情地站在那，一手叉着腰，直直地看着我。

“‘你想杀了我，我看出来了，’她说，‘这都是命运的安排。但你永远不能叫我退让。’

“我对她说：‘冷静点，我求你，听我说。过去的事都算了。你也知道，是你毁了我，因为你，我才会变成强盗和杀人犯。卡门！我亲爱的卡门！让我拯救你吧，也拯救我自己。’

“‘荷赛，’她对我说，‘你说的这些我办不到。我已经不爱你了，而你还爱着我，所以才会想杀了我。只要我愿意，我还可以继续骗你，但我不打算给自己惹麻烦。我们两个已经玩完了。你是我的罗姆，你有权杀死自己的罗密，但是卡门永远都是自由的，生是卡利人，死是卡利鬼。’

“‘那你还爱着卢卡斯吗？‘我问她。

“‘是的，我爱过他，就像我也爱过你一样，也许对你的爱持续得更久一些。不过，现在我谁都不爱了，我甚至痛恨自己曾经爱过你。’

---

① 说玛丽亚·帕德拉用巫术迷惑了唐·佩德罗。传统的民间传说称她曾送给波旁王朝的布兰奇皇后一条金腰带，在被迷惑的国王的眼中那条腰带就是一条活蛇。因此他对皇后总是十分厌恶。——原注。

“我跪到她的脚边，握住她的手，泪水浸湿了她的手，我帮她回忆我们一起度过的快乐时光，答应她会继续做强盗，如果这能让她高兴的话。先生，所有的一切，只要她重新爱上我，我什么都能答应。

“她对我说：

‘重新爱上你？门儿都没有！跟你一起生活？想都别想！’

“我气极了，拔出了刀，想吓唬一下她，让她向我求饶，但那个女人根本就是个魔鬼。

“我咆哮着：‘我最后一次问你，你愿不愿意跟我在一起？’

“‘不愿意！不愿意！不愿意！’她一边跺着脚一边说。

“接着就把手上的戒指脱下来，扔到树丛里去了。

“我刺了她两刀，用的是格拉西亚的刀，因为我那把已经坏了。刺第二刀的时候，她闷声不响地倒了下去。我仿佛还能看到她用那双大大的黑眼睛盯着我，渐渐地，那双眼睛开始变得无神，最后她闭上了眼。

“我瘫坐在她的尸首旁，整整坐了一个小时。然后想起，卡门经常对我说她想葬在树林里。我用刀凿出一个坟墓，把她放了进去。我又在树丛里花了好长时间，才找到她扔掉的那枚戒指。我把戒指和一个小十字架一起放在她身边，可能我不该这么做[①]。然后，我上了马，飞奔去了科尔多瓦，在最近的一个警卫室自了首。告诉他们，我杀死了卡门，但我不会告诉他们她的尸体在哪。那位神父是个圣人！他曾经为卡门祈祷过，还为她做了一台弥撒……可怜的姑娘！是加利人把你养成了这个样子啊。”

---

① 吉卜赛人并不信奉基督教。

翁法勒

[法] 泰奥菲勒·戈蒂埃

张 琨译

我的叔叔，一位骑士，居住在一幢小屋里。小屋的一侧对着冷清的图奈尔街，另一侧则对着阴暗的圣安托万大街。在圣安托万大街跟小屋之间，有一些长着苔藓、被昆虫啃噬的老千金榆树，正无奈地伸展着自己瘦骨嶙峋的枝桠，指向夹在青黑的高墙间的一堆垃圾。几朵已经发黄枯萎的小花，蔫蔫地垂着头，好似几个得了肺病的女孩等待着阳光来晒干它们那已是半腐的花瓣。小路因为很久没有耙过，已经长满了野草，让人很难辨识。池塘水面上布满水藻和浮萍，里面一两条鱼在游泳，或者说漂浮着更合适。这里就是我叔叔口中的“花园”。

这个昨日的颓垣断壁，残破得好像已经存在了一千年似的。它不是石头废墟，是石膏废墟。这里到处都是皱褶裂纹、霉迹斑驳，被苔藓和火药吞噬销蚀，像极了那些因为荒淫无度而早衰的老人。没人会对它产生丝毫的尊重感，因为这世上还有什么比一条陈旧的纱裙和一堵陈腐的石膏墙更丑陋更可悲呢。这是两件不该存留却偏偏会存在很久的东西。

我叔叔就把我安顿在这个小楼里。

小楼的里面跟外面一样，还是沿用洛可可的风格，只是保存得稍微好些。床上铺着带有白色大花图案的黄色锦缎；镶嵌着珍珠和象牙的小台座上摆放着一座洛可可式的挂钟；一面威尼斯的镜子四周花哨地围着一圈绒球蔷薇的花边；门的上方用单色画描绘着一年四季的景色。在一个大大的椭圆形的画框里，一个神气十足的美丽妇人正展示着她那无与伦比的优雅微笑。她头上扑着粉，身穿一件天蓝色的紧身衣，梯子形地系着一排同色的缎带，右手握着一张弓，左手提着一只松鸡，额上顶着一弯新月，脚边卧着一只猎兔狗。她是我叔叔曾经的一个情妇。他让人给她按月神狄安娜的造型画了这幅画。就像我们看到的一样，房间的家具并不是当下最时髦的。我情不自禁地以为自己正身处摄政时期[①]，挂在墙上的神话风格的壁毯更加丰富了我的这个想象。

壁毯上，赫拉克勒斯正在翁法勒的脚下纺着线[②]。这幅画过度模仿范卢[③]的绘画手法，并且选用了蓬巴杜夫人[④]最喜欢的风格。赫拉克勒斯手持玫瑰色缎带缠绕着的纺锤，十分优雅地跷着他纤瘦的手指，像一个侯爵捏着一撮烟叶那样转动着拇指跟食指间的亚麻线。他强壮的脖子上挂着一些缎带，几绺玫瑰线，几串珍珠和上千个织针尾套。他身穿一条闪色的短裙，身旁放着两个巨大的篓子，这一切显示了他作为一个降妖除魔大英雄的优雅气质。

翁法勒雪白的肩膀上半披着涅墨亚狮子[⑤]皮。她的纤纤素手搭在他情人那枝枝节节的大棒上。她的脖子像白鸽的脖子一样，有着柔软迷人的曲线。撒着粉的漂亮的金发自然随意地披散在脖子上。她的脚像西班牙女人或者中国女人的小脚——小巧得足以穿上灰姑娘的水晶鞋。这双脚现在正穿着一双半老的淡紫色的厚底靴，靴上装饰着珍珠。她真的好迷人！她带着可爱的自负的深情，向后微微仰着头。迷

---

① 摄政时期：指 1715 年至 1723 年，由路易十五的叔公奥尔良公爵摄政。

② 希腊神话里，赫拉克勒斯是大力士，是吕底亚女王翁法勒的奴隶。在服役中，他成了女王的情人，他开始喜穿女人服饰，同翁法勒的侍女们纺着羊毛线。

③ 很可能是法国十八世纪画家查理斯·安德烈·范卢（1705—1765）。

④ 路易十五的著名情妇。

⑤ 希腊神话中的巨狮。据说它的皮坚逾金铁，刀枪不能入。赫拉克勒斯杀死它之后，用它的皮做了衣服。

人的嘴唇正微微做出一个俏皮的撇嘴动作。鼻孔微张，脸颊发亮。一个美人痣长得恰到好处，完美地衬托出她的光彩。只需一抹小胡子，她就会是最英姿飒爽的火枪手。

壁毯上还有很多人物，必不可少的女仆，严格意义上总会出现的小爱神……但是他们留给我的模糊印象并不足以让我把他们描述出来。

那个时候我还非常年轻，当然我并不是说我现在已经很老了，但当时我刚刚中学毕业，住在我叔叔家时我正在等着机会选择我自己的职业。如果他能预料到我现在的职业是写奇幻小说，他绝对不会让我踏进他的家门，也不会让我继承他的遗产。因为他对常规意义上的文学，尤其是对作家们，早就公开表达过他的作为贵族的蔑视。作为一个真正的绅士，他认为，对于这些在纸上随便编排或者肆意谈论绅士的人，就该吊死，或者大打一顿。愿我可怜的叔叔安息！他欣赏的只有泽图尔贝[①]的书信体简诗。

刚出校门的我脑袋里满是梦想和幻想。我跟萨朗西里纯洁少女[②]一样天真，甚至更甚。终于摆脱了繁重的课业任务，我觉得世界上的一切都美好得不得了。我相信很多东西：相信弗洛里安先生的牧羊女，相信被梳理毛发又撒上白粉的绵羊，我从不怀疑德祖里埃尔夫人的羊群，我相信儒望西神父在《神祇和英雄附录》里说的世上确实有九个缪斯。贝尔甘和热斯内在我印象里的记忆给我创造了一个到处是玫瑰红、天空蓝和苹果绿的世界[③]。啊，圣洁的纯真啊！就像靡菲斯特说的那样。

当我置身于这间属于且只属于我的漂亮卧室时，我感受到了前所未有的快乐。我仔细地清点我的家具，巡视着房间的每个角落，从各

---

① 查无此人，可能是作者杜撰的作家。

② 相传在五世纪，人们在萨朗西创立的节日，在该节日里，人们给最聪明的少女戴上玫瑰花冠，该少女就被称为玫瑰少女。

③ 弗洛里安先生，德祖里埃尔夫人，儒望西神父，贝尔甘和热斯内分别是法国或瑞士十七或十八世纪的作家或诗人。

个方向研究我的房间。我好像上了四重天，像当上了国王一样快乐。宵夜过后（我叔叔家有吃宵夜的习惯。这是个让人开心的好习惯。可惜，它连同其他一些好习惯一起，被我遗忘了。我发自内心地觉得难过），我端上烛台起身告退，因为我迫不及待地想回到我的美妙小屋里。

在我脱衣服的时候，我好像看到翁法勒的眼睛动了一下。我仔细地盯着她，心中有点害怕。在我宽敞的卧室里，蜡烛微弱的光反倒凸显了黑暗的存在。我好像看到她把头转向反方向了。这时候强烈的恐惧感向我袭来，于是我吹灭蜡烛，转过身，背对着墙角，用床单蒙着头，并且几乎快把头上的帽子扯到了下巴。不知道什么时候，我睡着了。

好几天过去了，我一直不敢再去看那幅受诅咒般的壁毯。

为了使我要讲的这个令人难以置信的故事看起来更可信，我想我有必要向我美丽的读者们补充一点：那个时候的我还算是个英俊的男孩。我有着世上最迷人的眼睛——至少别人是这么对我说的。我当时的脸色比现在要清新得多，清新如石竹。我当时才十七岁，有着一头浓密的棕色卷发。现在是头发依旧，年华不复了。只需一个漂亮的教母，我就差不多可以跟薛吕班[1]相提并论了。可惜我的教母已经五十七岁了，牙还剩三颗。她年纪太大，牙又太少了。

直到一天晚上，我终于鼓起勇气瞟了一眼赫拉克勒斯的情人，发现她正面带世上最悲伤最颓废的深情看着我。这一次，我几乎要把帽子扯到肩膀上了，这样还不够，我还把脑袋深深地埋在了长枕下面。

这天夜里，我做了一个神奇的梦，也可能不是梦。

我听见我床幔的吊环滑动的声音，好像有人急促地拉紧了我的床幔。我醒了过来——至少在梦里是醒了。房间里还是只有我，没有其他人。

月亮照在窗玻璃上，给房间撒下一片微蓝的光辉。地板上，墙上，出现许多奇形怪状的影子。挂钟敲响了一刻钟，引起了房间悠长

---

① 戏剧《费加罗的婚礼》里的人物，一个情窦初开的少年。

的颤动，仿佛一声叹息。钟摆声非常清晰，像极了人的心跳声。

我心里很害怕，不知道该怎么办。

一阵狂风吹来，猛烈地拍打着百叶窗，墙壁板被吹得噼啪直响，壁毯则随风舞动着。我鼓起勇气看向翁法勒，模糊地猜测这一切是她在作怪。事实证明我并没有想错。

壁毯剧烈地晃动着。翁法勒从墙上走了下来，轻轻地跳到了地板上。她小心地避开了家具，走到我的床前。无需我过多的描述，你们也能想象到我有多惊讶吧。在这种情形下，即使是最勇敢的老军人，也无法安心吧。何况我既不老也不是军人。我只能静静地等待着这场奇遇结束。

一个声音在我的耳边响起，像笛子般清晰，带着不自然的小舌颤音——只有摄政时期的侯爵夫人跟那些很懂发音的人才会发出这样的小舌音。

“孩子，我吓着你了吗？虽然你只是个孩子，但是害怕女士还是不好的，尤其是害怕那些对你并无恶意的年轻女士。这样不够绅士，不符合法国人的作风。你要克服这个恐惧。来吧，小野蛮人，从你的被窝里出来吧，别再把头藏在被子里了。我有很多东西要教你呢，你可一点也没有进步啊，年轻人。在我们那个时代，薛吕班可比你意志坚定得多。”

“但是夫人，因为…… ”

“看到我在这儿，而不是在画上，觉得很不可思议，对吧？”说着，她皓齿轻启，轻轻咬着红红的嘴唇，同时细长的手指指向挂着壁毯的那面墙，“事实上，这确实不寻常。即使我解释给你听，你也不会明白。你只需要知道，你并没有危险。”

“我怕您是……是……”

“直说吧，魔鬼，是吧？这就是你想说的。至少你得承认，对于魔鬼来说，我长得并不吓人。如果地狱里面住着的都是我这样的魔鬼，大家在里面会跟在天堂一样过得怡然自得吧。”

为了显示自己并非自吹自擂，翁法勒把她身上的狮子皮扔向身后，向我展示她的双肩和她那完美的乳房。她的皮肤白得耀眼。

“好了吧，你觉得怎样?”她妩媚地问。

“我认为，即便您真是魔鬼，您也不会让我害怕的，翁法勒夫人。”

“这才像话，但是别叫我夫人或是翁法勒，我可不想做你口中的夫人。我既不是魔鬼也不是翁法勒。”

“那您是什么?”

“我是德·T侯爵夫人。我婚后不久，侯爵大人让人给我的房间制作了这张壁毯。他让我打扮成翁法勒的样子，他自己则装扮成赫拉克勒斯的样子。这真是一个荒诞的主意，天知道，全世界没有比可怜的侯爵更不像赫拉勒克斯的了。这个房间已经久无人住。我自然是喜欢有伴的，我在这儿无聊得要死，还患上了偏头痛。虽然我丈夫也在这里，但我还是觉得寂寞。你来了，我很高兴。这个死气沉沉的房间有了生气，我也可以有人来转移我的注意力了。我每天看着你来了又去，看着你睡觉做梦，听着你读书。我觉得你很儒雅，很招人喜欢，你身上有种莫名的东西吸引着我，我最终爱上你了。我试图让你感受到我的感情：我叹气，你却以为那是风声；我给你暗示，让你看到我无精打采的眼神，我所做的一切却只是让你感到害怕而已。绝望之下，我才下决心做出这种失礼的举动——不再含蓄忸怩，直接对你说出我的感情。现在你已经知道我爱你了，我希望……”

正当我们交谈的时候，我们听到了钥匙在锁眼里转动的声音。

翁法勒颤抖着红了脸，连眼白都红了。

“我先走了，明天见。”说着，她转过身子退向挂着壁毯的墙，好像是怕我看到她的背面。

开门的是巴普蒂士特，他来取我的衣服去洗。

“您不能这样，先生，怎么能开着床幔睡觉呢?您会感冒的，这个房间很冷的!”

我以为刚才的一切不过是梦。事实上，床幔确实是拉开了，我很震惊，因为我以为我只是做了个梦，而我又很确定我睡前是拉上了床幔的。

巴普蒂士特一走，我就奔向壁毯。我仔细地来回摩挲着它，它摸起来跟其他的壁毯一样粗糙，它确实只是一张羊毛壁毯。画上的翁法勒看起来很像夜里的那个幽灵，二者的区别只在于一个是死的，一个是活的。我掀起壁毯的下摆来检查墙壁。墙是实心的，既没有隐藏的壁板，也没有暗门。我只注意到，画上织着翁法勒脚下的那块地面的羊绒线是断的，这让我陷入了沉思。

之后一整天，我前所未有地对一切都心不在焉。我忧虑不安却又满怀期待地等待夜晚的到来。我很早就回到自己的房间，想看看这一切会怎么发展。于是我睡下了。侯爵夫人没有弄出一点声响，她从壁毯上跳下来，直接奔到我的床边。等她在床头坐定，我们又开始了对话。

跟前一天一样，我又问了她一些问题，希望能听到她更多的解释。她很机警，对一些问题避而不答，对另外一些也是支支吾吾搪塞过去。但是，一个小时以后，我就不再对跟她的交往有所顾虑了。

她一边讲话，一边用手抚摸我的头发，并不时拍拍我的脸，亲亲我的额头。

她絮絮叨叨地说着，语气幽默又温柔。她谈吐优雅又平易近人，完全是一位贵妇。自她之后，再无第二人给过我这种感觉。

她一开始坐在我床边的安乐椅上，不久她一只胳膊搂上我的脖子。她的胸口贴着我，我感受到她心脏在有力地跳动着。这是一位美丽迷人而又实实在在的女人，是一位名副其实的侯爵夫人，她此刻就坐在我身旁。

“那侯爵先生呢，他在那边墙上呢，他会怎么说？”

她身上的狮子皮飘落到地上，那双泛着银光的淡紫色的厚底靴也落在了我的拖鞋旁边。

“他不会说什么的，”侯爵夫人大笑着，“他看到什么了吗？再说，就算他看到也没事，他是世上最大方最善良的丈夫，他早就习惯啦。你喜欢我吗，孩子？”

“嗯，非常，非常喜欢……”

天亮了，我的情人又回到了壁毯上。

对我来说，白天开始变得极其漫长。夜幕终于降临，一切就像前一天晚上一样，第二夜跟第一夜一样美好，侯爵夫人越来越可爱。我们这样的关系持续了挺长时间。由于晚上不睡觉，白天我总是昏昏欲睡的。在我叔叔看来，这不是个好现象。他起了疑心，他很可能躲在门外听到了一切，因为一天早上他突然闯进我的房间，安托瓦内特差点来不及回到她的壁毯上。

在他身后跟着一个手上拿着钳子、肩上扛着梯子的壁毯织工。

他傲慢又严厉地看着我，我明白他都知道了。

“德·T侯爵夫人真是疯了，怎么会昏了头喜欢上这种黄毛小子?”他牙缝里挤出这些话，“她跟我保证过会老实的!”

“让，听着，把这壁毯取下来卷好，送到阁楼上。”

我叔叔的每个字都像一把刻刀刻在我心上。

让卷起了载有我的情人翁法勒和赫拉克勒斯，或者说，德·T侯爵夫人和德·T侯爵的壁毯，把它拿到阁楼上了。我的眼泪夺眶而出。

第二天，我叔叔把我送上了通往B城的驿车。我又见到了我可敬的父母，如大家所料，我对他们绝口不提在叔叔家的奇遇。

我叔叔死后，他的房子和家具被变卖了，那张壁毯可能也被一起卖了吧。

有一次，我在一家旧货商店里东摸摸、西看看，想找一些有趣的玩意儿。我的脚碰到一个硕大的卷轴，上面布满灰尘，还挂着蜘蛛网。

“这是什么?”我问那个奥弗涅商人。

“这是一幅洛可可风格的壁毯，画的是翁法勒夫人跟赫拉克勒斯的爱情故事，这是从博韦买来的，完全用丝织成的，而且被保存得很好。把它买下放到您的房间吧，您是常客，我不会卖您很贵的。”

听到翁法勒的名字，我心脏的血液都倒流了。

“把这壁毯摊开，”我言简意赅却又断断续续地对商人说，仿佛发烧了一般。

正是她。我好像看到她的嘴角露出一抹优雅的微笑，当我们四目相对时，我看到她眼神发亮。

“这个多少钱?”

“老实说，四百法郎吧，再少我真不能卖给您。”

“我身上没带那么多钱，我现在就回去取，不出一个小时我就回来。”

我取了钱回到商店，壁毯却早已不在。在我离开的工夫，一个英国人以六百法郎的价钱买走了它。

以这样的结果结束可能更好吧。事情就这样过去，而我还原封不动地保存着这份美好回忆。有人说，不该回访初恋情人，也不该再去看前一天欣赏过的玫瑰。

何况，我也不再年轻英俊，壁毯上的人也不会再为了我从墙上翩然而下了。

河边的台阶

［印度］泰戈尔

玄　涛 译

如果你想听听过去的故事，就坐到我的台阶上来，那河水荡起涟漪，正在潺潺地低语，听：

阿斯温月[①]即将来临，河水涨得满满当当，只有四级台阶露出水面。河水慢慢攀到河岸的低洼处，浸湿了芒果树枝下茂密丛生的海芋。在河流的转弯处，三座破旧的砖头堆在水面中高高耸立。一条条渔船停泊在岸边，系在合欢树的树干上。拂晓时分，潮流涌动，船儿在水面上摇摆起伏。太阳初升，沙洲上的野草沐浴在晨曦里。它们刚刚绽开花骨朵，还没有盛放。

河面上阳光普照，小小的船扬起了小小的帆。婆罗门教[②]牧师已经拎着铜罐来到河里沐浴。女人们也三三两两结伴前来取水，我知道，库苏姆一会儿也该来了。

但是那天早上我没有看到她。后来，库苏姆的朋友布班和诗娃诺常常到河边的台阶上哭泣，说她被接去婆家了，一个离恒河很远的地方，那里的人们、房屋和道路都跟这里很不一样。

渐渐地，她几乎从我的脑海里消失了。一年过去了。到河边台阶

---

① 阿斯温月：印历六月，相当于公历九月。

② 婆罗门教：印度古代宗教，现在流行的印度教的古代形式。以吠陀经为主要经典，因崇拜梵天及由婆罗门种姓担任祭司而得名。

来的女人，现在也不怎么提起库苏姆了。但有一天晚上，一双熟悉的大脚踏上了我的台阶，我吓了一跳。噢，是她，但是这双脚现在已经摘下了脚链，没有了熟悉的音响。

库苏姆成了一个寡妇。他们说，她丈夫在很遥远的地方工作，她也就仅仅见过一两面而已。一封书信传来了丈夫的死讯，她便成了一个年仅八岁的寡妇。她已经擦掉了额头上出嫁时印上的红色标记，脱去了手镯，回到了她恒河边的家乡。但是她发现，旧时的玩伴已经没几个留在家中了。布班、诗娃诺和阿玛拉都已经嫁到别处，只剩下萨莱特，但据说她也即将在十二月成亲。

雨季来临，恒河迅速涨满。即便是这样，库苏姆依然一天天长大，长得越来越美丽动人、青春靓丽。但她总是身着黯淡的长袍，面带忧郁的神情，举止又低调安静，仿佛给她原本青春的面庞罩上了一层面纱，使她逃离了男人的视线。十年的光阴一溜而过，好像没有人注意到，库苏姆已经长大了。

那一年的九月末，也像今天这样一个早晨，一个身材高挑、年轻俊朗、皮肤白皙的托钵僧出现了，不知他来自何方，在我面前的湿婆[①]神庙借住下来。他到来的消息传遍了整个村庄。女人们撇下水罐，蜂拥着来到庙前，向这位圣人鞠躬致敬。

围观的人们一日多于一日，托钵僧很快赢得了全村妇女的尊敬。有时候他会背诵《薄伽梵书》，有时候他会阐释《薄伽梵歌》[②]，有时候他会在庙里滔滔不绝地谈论各种经典。有人来向他询问建议，有人来向他讨问法术，还有人来向他求医问药。

就这样，几个月一晃而过。四月的一天，正值日食，人们都赶来这里，到恒河里沐浴。合欢树下摆起了集市，许多朝圣者前来拜访那

---

① 湿婆：印度教三大神之一，毁灭之神，前身是印度河文明时代的生殖之神“兽主”和吠陀风暴之神鲁陀罗，兼具生殖与毁灭、创造与破坏双重性格，呈现各种奇谲怪诞的不同相貌，林伽（男根）是湿婆的最基本象征。

② 薄伽梵歌：印度教的重要经典与古印度瑜珈典籍，为古代印度的哲学教训诗，收载在印度两大史诗之一《摩诃婆罗多》中。

位托钵僧，其中有一群女人与库苏姆的丈夫同村。

当时还是清晨，托钵僧正站在我的台阶上清点人数，突然一个女朝圣者用胳膊肘轻轻推了推旁边的女人，说：“哎呀，他是我们库苏姆的丈夫啊！”另一个女人用两根手指从中间微微拨开面纱，之后惊呼道：“哎呀！真的是他！他是我们村里查特古家的小儿子啊！”第三个女人倒是没有怎么卖弄自己的面纱，便叫道：“啊！那眉毛、鼻子、眼睛都长得一模一样啊！”另外一个女人，都没瞧那托钵僧一眼，只是自顾自地把水罐灌满水，叹息着说：“唉，那个年轻人已经不在了，再也不会回来了，可怜了我们的库苏姆啊！”

但是，有个女人提出了反对意见：“库苏姆的丈夫没有这么茂密的胡子啊？”另一个女人也说：“他没有这么瘦。”还有人说：“他好像根本没有这么高。”这番讨论暂时平息了之前的哄闹，也没人再提起过这件事了。

一天晚上，天空升起一轮满月。库苏姆来了，坐在水边最低的一级台阶上，影子投到我的身上。

当时河边的台阶上只有她一个人，蟋蟀在我的周围啁啾。庙里铜锣和鸣钟也渐渐停止了喧嚣，最后的余音渐行渐弱，直到像回声一般，遁入了远处河岸边昏暗的小树林里。恒河幽暗的河面上横着一道晶莹洁白的月光。河岸上、灌木丛和篱笆里、寺庙的门廊下、破败房屋的地基上、水槽边、棕榈林中，到处闪现着各种形状古怪的影子。蝙蝠倒挂在七叶树的大树枝上轻轻摇荡，房屋周围响起几声豺狼尖利的嚎叫，之后又陷入一片静谧。

那位托钵僧从庙里慢慢地走了出来，往下走了几级台阶后，看见一个女人独自坐在那里。他正要返身往回走，突然库苏姆转过头往后看，面纱悄悄从她脸上滑下。她向上看时，月光刚好照上了她的面庞。

一只猫头鹰从他们头顶上啼叫着飞过，这声音将库苏姆惊得回过神来，她把面纱又戴回头上，弯腰向托钵僧行触脚礼。

他赐予她祝福，并问她：“你是谁？”

她回答说：“我叫库苏姆。”

那一夜，他们再无他话。库苏姆慢慢走回她不远处的家中，但是那天晚上，托钵僧在我的台阶上坐了很久。最后，从东边升起的月亮渐渐西沉，托钵僧的影子也从这边转到了那边，投射到了他的面前，他才终于起身，回到庙中。

从那之后，我每天都能看见库苏姆来向他行触脚礼①。当他阐述经典的时候，她就站在一个角落里默默静听；他做完早礼拜后，常常叫她来听他布道。她无法完全听懂，但总会安静地专心聆听，尽力尝试理解那些内容。托钵僧给予她的那些指导，她都在暗中偷偷地践行着。她每天都会到庙里朝拜，对神灵毕恭毕敬，采摘鲜花供神，从恒河里取水回来擦拭庙里的地板。

冬天就要接近尾声了，寒风却依然刺骨。但晚上时不时会有温暖的春风出人意料地从南方吹来，天空渐渐隐起了它冰冷的面孔。寂静的长冬之后，村庄里又响起了管乐和各种音乐的声响。船夫不再并排航船，而是让船只顺流而下，并且唱起了克利须那②神曲，这是这个季节里特有的景象。

就在那时，我开始想念库苏姆了。因为她有一段时日没有来庙里了，也没有来河边的台阶，更没有去见托钵僧。

接下来发生了什么我并不知晓，但是过了不久，一天晚上，这两人又在我的台阶上相遇了。

库苏姆一脸颓然，问："师尊，您有没有召唤我？"

"有，为什么你不来见我？你怎么会忘记要祭拜神灵？"

她沉默不语。

"把你的想法全部告诉我。"

她扭过半边脸，回答说："我是个罪人，师尊，我对神灵有失

---

① 触脚礼：印度人在见到自己最敬重的人时则要行触脚礼，即见面后俯下身去触对方的脚，然后再摸一下自己的额头，这是表示对尊敬者的最高礼节。

② 克利须那：印度教的神祇，又译吉栗瑟拏，亦称黑天，乃毗湿奴神诸多化身中最得人缘的神祇。

崇敬。”

托钵僧说：“库苏姆，我知道你的心中很不安。”

她嘴唇微微开启，却又拉起纱丽[①]的一角遮住脸，坐到托钵僧脚边的台阶上，哭泣起来。

他稍稍向后退开了一点儿，说：“告诉我你心中的想法，我可以帮你找到内心的平静。”

她便开始回答，时不时停下来仔细揣摩措辞，声音里透露出对信仰的坚定：“如果您让我说，我就必须得说出来了。但是……呃……我不知道怎样才能解释清楚。大师您肯定已经猜到了。我崇拜一个男人，像神一样敬仰他。这种爱慕的狂喜让我的心灵充实而圆满，但有一天晚上，我梦见我心中那神一般的男人坐在花园的某个角落，他的左手跟我的右手十指紧扣，对我诉说爱的私语，整个梦境对我来说却并不陌生。梦境消失后，我却依然魂牵梦绕。第二天我再看见他的时候，感觉就跟以前不一样了。那个梦仍然在我的心头挥之不去。我十分恐惧，便远远逃开，但是那些画面却始终萦绕着我。从那以后，我的内心就没有了安宁，心里的一切都变成了阴霾!”

就在她一边拭眼泪一边讲述这个故事的时候，我感觉托钵僧的右脚使劲地踩在我的石面上。

她讲完了，托钵僧说：

“你必须告诉我，你在梦里看见的是谁。”

她的双臂紧抱在胸前，恳求道：“我不能告诉您。”

他坚持：“你必须告诉我他是谁。”

她把双手绞在一起，问：“必须要说吗?”

他回答说：“对，你必须说。”

“那个人是您，师尊!”她喊出这句话后，就埋头趴到石阶上啜

---

① 纱丽：（又称纱丽服）是印度、孟加拉国、尼泊尔、斯里兰卡等国妇女的一种传统服装。用印度丝绸制作的莎丽一般长 5.5 米，宽 1.25 米，两侧有滚边，上面有刺绣，通常围在长及足踝的衬裙上，从腰部围到脚跟成筒裙状，然后将末端下摆披搭在左肩或右肩。

泣起来。

等她回过神来站起来时，托钵僧慢慢地说：“我今晚要离开这个地方，你也许再也无法见到我了。你要记住，我是一个托钵僧，不属于这个世界。你必须忘记我。”

库苏姆低声回答：“我会的，师尊。”

托钵僧说：“告辞了。”

库苏姆什么也没说，向他又鞠了一躬，抓起托钵僧脚面上的一点儿灰尘放到自己的头顶。他离开了这个地方。

月亮落下，夜晚更添一层深色。我听见，水中有溅起水花的声音。风在暗夜里咆哮，仿佛想要把空中的星星全部吹走。

红色手绢

[法] 约瑟夫-阿瑟·戈比诺①

胡金玲 译

① 约瑟夫-阿瑟·戈比诺（Joseph-Arthur Gobineau，1816—1882），外交家，1849 年任外交部长托克维尔的办公室主任，后来被派到国外，当过驻伊朗、希腊、巴西、瑞典的大使。主要作品有短篇集《旅行回忆》（Les Souvenirs de voyage，1872）、《杰出人物》（Les Pléiades，1874）、短篇集《亚洲故事集》（Nouvelles asiatiques，1876）。戈比诺的外交生涯给他的文学作品提供了生活素材。

凯法利亚岛[1]是一座迷人的岛屿，《奥德赛》的作者荷马[2]曾在作品里提到过它，然而，他笔下的主人公和苏菲毫无瓜葛，所以，即使把他的意见抛在一边，也无关紧要。威尼斯人曾经是凯法利亚岛绝对的主宰。他们在岛上实施威尼斯的律法，引进自己的习俗，这些律法和习俗就此在岛上生根落户，甚至在圣·马克[3]共和国统治时期依然生生不息。当我们漫步在阿尔戈斯托利市[4]的主干道上时，随处可见帕拉第奥式风格[5]的房子，只是，在此看到的帕拉第奥式风格源自一

---

① 凯法利尼亚岛，位于爱奥尼亚海上，为伊奥尼亚群岛中最大的岛屿。

② 荷马（约前九世纪一前八世纪），相传为古希腊的游吟诗人，生于小亚细亚，失明，创作了史诗《伊利亚特》（Iliad）和《奥德赛》（Odyssey），两者统称《荷马史诗》。目前没有确切证据证明荷马的存在，所以也有人认为他是传说中被构造出来的人物。而关于《荷马史诗》，大多数学者认为是当时经过几个世纪口头流传的诗作的结晶。

③ 圣·马克共和国（1848—1849）建立于1848年3月17日，起源于威尼斯城发生的反对奥地利政府的革命。

④ 阿尔戈斯托利，希腊城镇，凯法利尼亚岛的行政中心。

⑤ 帕拉第奥式建筑是一种欧洲风格的建筑。建筑师安德烈亚·帕拉第奥（Andrea Palladio）为此风格的代表。此名“帕拉第奥”常指受帕拉第奥本身建筑所激励的风格。现代的帕拉第奥式风格是原始风格的进化。帕拉第奥式的建筑主要根据古罗马和希腊的传统建筑的对称思想和价值。

位资质平庸的建筑系学生的拙劣模仿。这里的拱廊和莫切尼戈[1]宫殿或者凡尼尔宫殿位于一楼的豪华露天拱廊相比，一点也不雄壮；雕刻着大量花叶边饰的拱形窗户，完全没有威尼斯大运河[2]两岸的窗户那样奢华；接受我们打量的这些建筑不宽敞，规模也不大，很少超过一层楼。然而，确切来说，即使是这样的微缩版，我们仍能从中重拾关于亚得里亚[3]旧王朝的鲜活记忆。大街上，两道石板牙子就像两条粗重的直线分割着马路。与刚才描述的大街垂直的方向，延伸着许多狭窄、昏暗、神秘、蜿蜒的小街道，它们与那条宽敞笔直的大街相比，毫不逊色。只是前者展现了意大利式的优雅和欢快，而后者预示着诡计和众多潜在的危险。

在大街上的某个街角，矗立着岛上一所最舒适的府邸——从过去到现在，这幢岛上最著名的住宅之一，兰沙伯爵家族的房子。我不认为这所房子历史非常悠久。在这个古老的国度，一切都是崭新的。时间在十七世纪末左右，某位米歇尔·兰沙家族里的英雄被一道大议会[4]的法令授以爵位，甚至受封成为圣·马克骑士。自此，在这些永远都被称呼为“兰沙伯爵”的后裔当中，出现了为数众多的律师和医生。他们都是富有的人，某位利欲熏心的吝啬鬼就是他们的典型代表，他们将钱借给中产阶级、工人、农民，运用自己的权势向他们榨取高额的利息。就这样，他们利用贵族身份发家，成功在威尼斯岛上最体面和最出名的五六所住宅之中落户。共和国统治时期，当总督们吃晚餐的时候，这些爵爷、医生、律师，总是第一个受邀坐上这些达官贵人的餐桌。在航海的庆典上，帆桨战船的船长以邀请他们参加庆

---

① 莫切尼戈，威尼斯贵族家庭。

② 大运河，威尼斯大运河（Grand Canal）意大利语作 Canale Grande，意大利威尼斯市主要水道。

③ 指威尼斯，坐落在意大利东北部亚得里亚海边的威尼斯，被人亲切地称为“亚得里亚女王”。

④ 威尼斯共和国时期（8 世纪—1797 年）的议会式机构，只准许共和国内的贵族人员参加。

典为荣。如果没有邀请他们，显贵间的法罗[1]都成不了局。至于兰沙伯爵们，在人们的印象中，从来没有给任何人倒过一杯水，然而，这反而证明了他们是名副其实的小心谨慎且考虑周密的贵族。

当最后一任总督被摘去公爵头衔时，爱奥尼亚群岛处于无政府状态，岛上的同胞们把所有的希望都寄托在杰罗姆·兰沙伯爵身上。惊慌的故乡急需他的建议，所有人的目光都转到他身上，等待他的指示。兰沙伯爵没有辜负这些期望。他表情坚毅，双唇紧闭，时不时神情复杂地摇头晃脑，一派意味深长。兰沙曾效忠法国人，对俄罗斯人十分忠诚，对英国人更是全心奉献，总是高调地宣称前任的统治者糟糕透了，而他相当高兴他们能被取而代之。因此，新旧交替的统治当局认为他是一个信得过的人、一位有名望的国民。他收到过拿破仑一世[2]授予的荣誉军团十字勋章，据说亚历山大一世[3]曾授予他圣·安娜十字勋章，而维多利亚女王[4]认为授予他圣·乔治十字勋章是给十字勋章带来了荣誉。他不卑不亢地接受了这些赞誉，之后，仍然保持着简朴的生活习惯，穿着磨损的黑衣服走在街上，系着泛白的领带，有时候穿着拖鞋，保持着意大利式自由放任的风格，而且衣领饰孔上仍然没有任何勋章带。人们对他充满感激。

杰罗姆·兰沙伯爵打从心眼里就热情十足，好像他本性如此，事实上，他对别人的事情相当冷漠，他根本不是热情的人，同样缺乏对他自己本人利益、乐趣和情感的投入。在帕多瓦[5]拿到大学学位和学士学位回到岛上的几个星期以后，他在某个表妹家里，遇见了一位新

---

① 一种古老的纸牌游戏。

② 拿破仑一世，拿破仑·波拿巴（1804—1815），法兰西帝国缔造者，卓越的军事家，野心勃勃的政治家。

③ 亚历山大一世·帕夫洛维奇（1777－1825），罗曼诺夫王朝第十四任沙皇、第十任俄罗斯帝国皇帝（1801—1825），保罗一世（俄国）之子。

④ 维多利亚女王（1819－1901），自1837年6月22日起，为大不列颠及爱尔兰联合王国君主，直至去世。

⑤ 帕多瓦，属于政区威尼托中的一个城市，位于意大利北部，为帕多瓦省的首府以及经济和交通要冲。

婚妇人——帕拉兹伯爵夫人，第一眼见到她，兰沙伯爵就莫名地被打动了。人们称这样的爱情为一见钟情。在这个时期，兰沙非常讨人喜欢，他善于交谈，唱歌的时候显得自然而不卖弄，总体而言，完全就应该值得让人喜欢，而帕拉兹伯爵夫人确实喜欢他。一年时间一晃而过，帕拉兹夫人第一个孩子刚出生时，兰沙伯爵已经成为帕拉兹先生的密友，他在所有的权利、义务、特长、享用、免责、温柔中周旋，而这样的状况应该会伴随他一生。而在自己的生活里，他做出了非比寻常的牺牲。他不准备结婚，双倍偿还帕拉兹的债务，而帕拉兹接连地被一位女歌唱家和某位随苏格兰军队第八十四总参谋部的军舰一起来到凯法利尼亚岛上的朱莉·波勒小姐迷得神魂颠倒。当他遇到一位来自巴黎的夫人，开始质疑朱莉的优点和美德时，不幸的丹尼·帕拉兹解释说，是家庭的悲剧导致了不同寻常的境遇。他认为，巴黎来的夫人为他指明了道路。杰罗姆·兰沙在这些场合表现出和他的慷慨相一致的仁慈和耐心。他对这位朋友从来不会咄咄逼人，甚至担负起照顾帕拉兹的长子——斯比利迪翁的责任，斯比利迪翁是位魅力十足的年轻男子，随着时间推移，变成了阿尔戈斯托利市某个主要的咖啡馆里一个不可或缺的附属品，他经常出入那里，不管什么时候，都能看到他对着一杯咖啡或者一杯水出神。但是，毋庸置疑，被杰罗姆伯爵捧在手心的人是比哥哥小两岁的苏菲·帕拉兹。城镇里的每一个人都知道她的教父之所以不结婚，很大一部分原因是因为她，人们把她看作是杰罗姆伯爵内定的继承人，因此，在通情达理的人们眼中，她的优点所闪耀的光芒很难不被明显地放大。

这位与众不同的姑娘的母亲——帕拉兹夫人，曾经非常漂亮，微胖、有点呆板，那双神似小羚羊的眼睛，婉转流连、温柔似水、生动有神。但是总体而言，所有这些特征构成了南部独特的美丽，所以说那时候，杰罗姆伯爵没有犯错。他们两人亲密的结合显得无比幸福。然而，即使是天空，也和万物一样，不能免除暴风雨。值得肯定的是在 1825 年左右，也就是在两位情人已经度过了最令人愉悦的激情阶段的多年以后，好事者证实了某些事实，此外，在讨论这些事实的时候，我们要极为谨慎，驱除掉那些夸张的成分，我们大概还原了如下事实：

某位年轻人刚结束了在巴黎的学业，回到岛上。这是一位相貌非常英俊的男生，人们称呼他为恺撒·萨拉伯爵。您不要对这些伯爵的称呼感到惊讶：这些只是碰面时的称呼而已，威尼斯人的爱奥尼亚领土上住满了伯爵。一群来自上流社会的和蔼可亲的夫人们造就了恺撒伯爵，她们热切地欢迎这个异国年轻人参加大庐舍[①]酒会或者去其他地方。对感觉灵敏的人来说，恺撒显得与众不同，而他自我感觉相当不错。在他看来，帕拉兹夫人是个有魅力的人，而他觉得不需要在她面前掩饰自己对她的欣赏。杰罗姆·兰沙有点抑郁地冷眼旁观，因此，恺撒的攻势变得越来越坚持了，帕拉兹夫人在遇到他时脸总是红红的。这是出于喜欢，还是不耐烦？这一点很难说，丹尼·帕拉兹家里可能要为此翻天覆地了，丹尼·帕拉兹本人也开始有一点用全新的眼光去看待妻子，然而，突然间，没有人知道是怎么回事也不知道出于什么原因，英俊的恺撒骤然人间蒸发了。

人们为此感到很惊讶。然而，威尼斯人自持而谨慎，作为他们前任臣民的后裔们也具有相同的品德。所以，人们只是在暗地里默默地观察，没有人敢去质问杰罗姆·兰沙，而后者的脸上始终是平静不起波澜。有消息说萨拉伯爵其实在彼得堡[②]的骑士军团服役。这个传言让帕拉兹捧腹大笑，当人们在咖啡馆里和他讨论这件事情的时候，他手舞足蹈，夸夸其谈，因此又引发了所有的揣测。所有的猜想慢慢升级，谣言四起，说是某位阿波斯托莱基在小酒馆吹嘘干了一件任何人永远都不知道的事情，此人身材高大，平日里的职业就是陪着杰罗姆去远处散步或者在他表姐那里吃过晚饭后睡在杰罗姆的院子里。好打听的人从来自彼得堡的信件得知，恺撒伯爵从来没有在这个首都出现，更有力的证据是骑士军团里没有这么一个人。由于凯法利亚人之间的窃窃私语，有心人暗地里请来了几位英国人。杰罗姆·兰沙，就

---

① 巴黎著名上流社会的酒会，创建于1788年，并持续了六十年之久。

② 彼得堡，指圣彼得堡，位于俄罗斯西北部，波罗的海沿岸，是俄罗斯联邦直辖市。

像所有的伟人，并没有轻视那些躲在暗处的敌人。在某个晴朗的早上，伯爵被英国来的特派员请去谈话了。

欧洲人处理事情时表现出来的精确度，在东方国家的人们眼里，总是显得极为好笑、无礼而且令人反感，不过，必须要承认再也没有什么事情比某些问题更让人觉得不自在了。然而，杰罗姆伯爵成功地摆脱了高级官员不得体的坚持。与此同时，他带着符合身份的怒气反驳了那些恶意中伤他的品德的猜测。而且，他向特派员挑衅，让他拿出证据，哪怕一个也行。事实上，确实也没有任何证据。之后，兰沙充满感情地提及自己毫无保留奉献于行善的生活，并且巧妙地重提了他为英国和爱尔兰政府所做的无尽牺牲，以及在两国关系中产生的诸多影响，在激情澎湃的演说结尾，他，提醒和他严肃对谈的人要小心那些想要抹黑他的名誉的人，他们都属于可憎的无政府党派以及蛊惑人心的煽动家，这些人散布在整个欧洲，现在明显渗透到爱奥尼亚岛上，企图动摇高级行政长官的合法权威。可能是英国官员对被蔑视的名誉发出的呼声比较敏感。更大的可能性应该是，在缺乏证据的情况下，杰罗姆伯爵的这些声明、感动、愤怒以及含糊的言辞放松了特派员的警惕。我们能确定的是，特派员情绪激动地跟杰罗姆握了手，并邀请他当天一起共进晚餐。至于杰罗姆，他表现出来的高贵的品德赢得所有人的心。他给恺撒伯爵其中一个处境非常贫苦的远房亲戚送去了十个德拉里。然而，我们永远不知道恺撒这个如此讨人喜欢的年轻人境遇到底如何。卡罗琳娜・帕拉兹伯爵夫人完全就像从前一样平静，并且开始发福，在几年之内变得很壮实，对兰沙伯爵始终死心塌地，人们猜想她多少有些恐惧。

1835 年，这位美人的魅力完全被过度良好的健康状况埋没了，成为保存在幸福的情夫那忠诚的灵魂深处的回忆。不过，苏菲出落得非常迷人，古代的维纳斯也不过如此了：酷似母亲的双眼里闪烁着前者所没有的幽暗火光；她非常安静，然而她的沉默暗藏玄机；她的手脚，让人啧啧称奇；牙齿，就像两排珍珠似的，随着时间推移，鹰钩鼻的弧度变得更加明显，不过人们只会赞叹她的贵族气质。母亲注视她的目光带着些许沾沾自喜。而父亲帕拉兹因为向杰罗姆借钱只能对她百依百顺，至于她的杰罗姆教父，凝视着她长达几个小时，沉浸在对她心醉神迷的爱慕中。

原本这样的幸福可以无止境地延续下去，直到某件意外扰乱了这种幸福。阿尔戈斯托利的达官显贵和英国军官经常出入帕拉兹夫人的沙龙[1]。每天晚上，人们在那里打惠斯特牌戏[2]，有时候，年轻人会一起跳舞。更多的时候，大家一起玩一些无伤大雅的小游戏，游戏中，他们需要靠近耳边窃窃私语，然后一个平凡的冬季在几个婚礼中落下帷幕。某天晚上，杰罗姆·兰沙心情格外舒畅，可以说近乎愉悦了。他刚刚支付了三个中尉的月薪。当天是二十四号，所以，这是一种只有他自己清楚动机的助人为乐的行为。他经常如此。岛上的驻军对此也是心知肚明。每个人都能从中获利，尤其是兰沙伯爵。当他的目光落在其中一群年轻人身上时，他觉得心脏要爆炸了，因为在他看来其中一个人对他的宝贝苏菲过分注意。

这个男孩身材高大、体型单薄、举止优雅。他的眼神不由自主地透露出最温柔的专注。仅凭这一点，已经足够引起老伯爵的警惕了。然而，他只是脸色突然有点发白，薄唇紧闭，这个男孩对他来说就像头顶上的一片乌云。

“那位可爱的年轻人是谁啊?”杰罗姆表情和蔼地询问旁边正在吞云吐雾的亚利山大·帕雷奥卡巴。

“您不认识他吗?他叫瑞哈斯莫·德菲尼，是卡特琳娜·德菲尼的儿子，这位女士十五年前非常美丽，和我们的老朋友恺撒·萨拉关系相当密切，他们在赞特[3]共度过一段美好时光。您还记得恺撒·萨拉吧?真是个可怜的家伙!”脑袋不怎么灵光的亚历山大最后说道，他把脸埋在一张宽大的蓝色手绢里试图止住一个响声巨大的喷嚏，但是为时已晚。

在他们的对话快结束的时候，瑞哈斯莫·德菲尼正坐在钢琴面

① 谈论文学、艺术或政治问题的社会集会。

② 桥牌的前身。

③ 希腊爱奥尼亚群岛最南和第三大岛，位于伯罗奔尼撒半岛西海岸外。

前，脸上带着赞特诗人和音乐家索罗墨似的神情在唱歌，杰罗姆·兰沙觉得他的声音好像给美丽的苏菲留下了最鲜活的印象。从一个不可能错认的眼神里，杰罗姆似乎隐约能看见教女的心脏，他看着它跳动，同时计算着急速的心跳频率。苏菲对此毫无察觉，她是如此陶醉，在杰罗姆看来，所有注视着瑞哈斯莫的眼神中，教女的眼神最尖锐也最锋利，他在她眼里看到了泪光和燃烧的火苗。他深入教女迷人的脑袋，感受那长出羽翼的激情正抚摸着那充满诱惑的嗓音，微曲着翅膀准备向那边飞去。他在里面探索，并在这思想的世界里抓到了确实的罪证：爱情在召唤，而少女随时准备呼应。最后，杰罗姆完全确信：瑞哈斯莫爱着苏菲，而苏菲毫无保留地回应着他。

曾经，他怀疑过苏菲母亲的忠诚，杰罗姆自问是否能够承受过比这更令人心碎的痛苦。当所有人都离开，客厅里只剩下他和帕拉兹夫人独处，他问她："亲爱的，你是出于什么奇特的想法邀请这个瑞哈斯莫·德菲尼来你的沙龙？"

"十五天前，别人介绍给我认识的，"伯爵夫人脸色微红地答道，每次她觉得杰罗姆·兰沙有点生气的时候，她都有点脸红，"巴雷达夫人在赞特有几个亲戚，他是巴雷达夫人的侄子，准备在这待一个月。我对他的底细也不是很清楚。我只是猜想，但不是很肯定，苏菲偶尔会在我妹妹家遇见他。"

伯爵夫人的话总是带着特有的漫不经心，而且犯困的时候表现得特别明显，年迈的侍从骑士[①]察觉到这个不耐烦的表现，把手用力插进裤子的口袋里，迈着大步踱来踱去，同时用一段严肃的经文默祷：该死的蠢货[②]。稍微平静下来后，他拿了一张椅子，坐在卡罗琳娜斜靠着的扶手椅旁边，没有任何不自然的手势，语气轻快得像飞翔的鸟儿，说道："所以，你并不知道你们的这个德菲尼的父亲是，这么说吧，是你的那个混蛋……不！我是说萨拉先生的儿子！"

"那又怎么了？那又怎么了？你想说什么？"

---

① 指向某妇女献殷勤的男人。

② 原文为意大利语：brutta bestia。

“我就说我想说的，我不会胡说八道。难道你没注意到这位先生温柔地看着苏菲？”

“又不是只有他这样。”伯爵夫人冷漠地说。

“难道你没看到苏菲那个小傻瓜……天哪！我真不敢相信！我都不愿意去想！那样太可怕了！生命里同样的挚爱被人背叛两次！而且是被这个……我的老天爷！亲爱的，别回答我，不要回答我。就当我什么都没说！我不是在指责你，我也不会怪她。我什么都不知道，我什么也不信，我什么都没怀疑！你满意了？”

“还好，”伯爵夫人反驳道，兰沙最后的咄咄逼人让她有点心绪不宁，“我不知道你要说什么。可是，你眼睛转得让人害怕，你还用拳头打自己的头和膝盖。你到底想要怎样？我猜是不是德菲尼先生得罪你了？”

“得罪我！上帝啊！她把这个叫作得罪我！啊！女人！这些女人！有人说过女人……我不知道谁说了这话，但千真万确！那个男人，他那漆黑的眼珠，那样可怕的相似一开始就把我制服了，然后捅了我一刀，我差点要摔个底朝天，失去知觉，我向你发誓！可是，这个男人，难道你对他无动于衷，没有感到任何恐惧吗？你的血管里到底是什么东西？煮沸的牛奶吗？还是其他什么？”

“好吧，你到底想要干什么？你想要怎么安排？我的爱人，如果你至少能解释清楚，我们可以满足你的要求。”

“我再也不想在你家见到这个幽灵，还有，从明天早上开始，你要禁止女儿和他说话。”

“走吧，坏人，”伯爵夫人一边站起来，一边拿上烛台，“我们会照着你说的去做。”

杰罗姆变得有点平静了，亲吻过她的手，回家了。

当苏菲回母亲家打听消息的时候，大概是中午，她发现母亲正在喝咖啡、抽烟。和往常相比，母亲显得有点焦虑，至少显得更心事重重。我不得不承认完美的苏菲并不看好把她带到世上的这个人的头脑。当她还在暗自揣测这个人的脑袋瓜里究竟有什么罕见的想法时，这颗脑袋的主人说话了。

“苏菲，我的孩子，我想要跟你说一件事。”

“说吧，母亲。”

“但是我要让你难受了。”

“我不知道你想说什么。”

“瑞哈斯莫向你示好了吗?”

苏菲注视着母亲，不觉得应该要尊敬她的信任。

“我想，不会比对别的女孩多。”她答道。

“你的教父不希望他再来我们家，所以，我刚才给他写了一封信，告诉他我们要出发去科孚岛①，他没有必要再来了。假如他知道我们其实没有走，他就会明白过来了，你也不用再见他了。”

“我不觉得这样很礼貌，他做错什么了?”

“他没做错什么，我确定他是一个善良且品格优良的男孩。但是，我实话跟你说，你的教父不喜欢他。我们仁慈的兰沙极其厌恶他出身的家庭。伯爵不能容忍这些人在我们家出现，而我们不应该让他不开心。况且，他对你的父亲好得没话说。你也知道他为我们付出了多少，而且你还要继承他的家业。所以，我请求你，假如你对瑞哈斯莫有些爱慕，不要再去考虑了，因为这没有任何结果。”

苏菲手里拿着一幅表现自然主义的绒绣，白色的底布中央有一只绿色的西班牙猎犬睡在红色垫子上，她一句都没有回应母亲的话。果然，她的沉默让卡罗琳娜开心地认为事情这么轻易就结束了。

我不知道这一天对年轻的小姐来说是显得短暂还是漫长。但是那天晚上，就在黄昏时分，她的上半身出现在一面小窗户的窗洞里，而这个窗洞就面向着之前提到的那些迂回曲折的小街。可能是偶然，瑞哈斯莫从那边经过，猛然间，绝对不是偶然的事情发生了，一个小包裹突然掉进了房间。苏菲跑过去把它捡起来。那是一张用细绳绑成圆筒的纸，在里面有一封信，还有一块增加重量的石头。苏菲飞快地关了门窗，然后读到了以下内容：“亲爱的小姐，为什么语言只能是语言，而不是火焰和利剑，以便让你更真切地明白我所受的折磨和将我

① 位于希腊西部爱奥尼亚海中的岛屿。

淹没的痛苦！再也看不到你，再也听不到你的话，再也不能和你交谈！啊！苏菲！宁愿马上，就在此刻，以最残酷的方法死上一千次，也不愿意遭受相同的苦楚！你的母亲，残忍且没有灵魂（可爱的天使，原谅我这些冒犯的话，一个受伤的灵魂被再正义不过的愤怒占领了!），你的母亲从不知道什么是怜悯，不然她怎么会把我驱赶到离你那么远的地方？但是我做了什么？我犯了什么罪？今天我甚至准备请求她把你嫁给我。我曾以为有一千种理由帮我达成心愿。我的出身，我的财富，我把我的生活全部献给了对受难祖国的爱，我感到所有这些丰富的情感在灵魂里燃烧，而你的美德曾让它们更加强大！为什么要以这样残忍的方式和我分开？啊！苏菲，我的苏菲，你允许我爱你，对你说表白，允许我期待得到更多。我刚为自己戴上这个胜利的桂冠，它使我成为世界上最幸福的人，难道我将永远地失去它吗？……”

八页这样论调的话十分自然地和完全真实的情感融合在一起，不过，南部这样夸张的表达方式在北部的人看来有点滑稽。信里还有诗句、坚定不移的爱情的声明，还有每天都会写信的承诺、虔诚的不要遗忘他的恳求，最后还有以坚定的决心战胜所有阻力的宣誓。简而言之，苏菲对瑞哈斯莫挺满意，她无数次地自言自语说她被人爱着，并对收到信的事情保持缄默。

两天以后，当兰沙伯爵经过码头的时候，瑞哈斯莫正神情忧郁地坐在那儿。前者看到他之后，向他走去，用最亲热的语气友好地和他打招呼，并询问为什么在帕拉兹伯爵家里再也看不到他了。

刚开始，在这种状况下，瑞哈斯莫只是说了些寻常的借口，并没有做其他解释，直到他鬼迷心窍，脑子里突然回想起的，不是那些关于萨拉伯爵失踪的传言，而是过去某个姑姑收到十个德拉斯的故事。实际上，他像需要呼吸一样需要盼头，力图抓住一根救命稻草。一点微不足道的善意，就足够让他相信那是他迫切想要得到的同情。因为他内心如此地渴望，所以他设想，这位值得尊敬的兰沙伯爵，从前给姑姑十个德拉斯，如今用如此充满温和委婉的态度和他交谈，是上天指派给他的一位流露着善意且充满着热诚的朋友，所以，用书信上那样华丽的辞藻，他把故事，一五一十，从头到尾都告诉了兰沙伯爵。

他告诉伯爵，他对苏菲的爱慕是日积月累的，早在一年前就开始了，那时候年轻的姑娘和母亲一起在赞特的乡下待过三个星期。瑞哈斯莫承认，年轻的小姐很快就被他说服，对他充满感激和爱意，打消了莫名的虚荣心产生的疑虑。他无数次地重申，他只想要跪下来向她求婚，如果可以的话，得到她的同意，可是他不明白为什么在没有做错任何事情的情况下，帕拉兹伯爵夫人要如此残忍地把他赶出交际圈。

“年轻的朋友，我也不明白她为什么要这么做，”年迈的杰罗姆表情忧伤，面露同情地摇了摇头，“在我看来，这件事完全说不过去。而且，我原本可以去她母亲那为你申辩，我对友谊的忠诚，你一清二楚，只不过，我和您的家族渊源很深，所以在我开口维护你之前早就引人怀疑了。不过，弄清楚厄运的缘由很重要。卡罗琳娜·帕拉兹不是一个任意妄为的人，肯定是有人恶意中伤你。你是不是有什么竞争对手？”

不幸的瑞哈斯莫抖动肩膀表示对此一无所知，把头往后仰，这是土耳其意味着寻找更多可能性的姿势，与此同时，他把目光投向他的知心人，某个念头从脑子里一闪而过。他发现在兰沙伯爵脸上所有引起好感的表情中，夹杂着使他感到惊恐的嘲弄。怀疑的闪电划过，他觉得自己好像在以身犯险，他被这个念头牢牢占据，两人的谈话完全变了味。

“好吧，”杰罗姆继续说着，“我的孩子，我不应该泼你冷水。你爱苏菲，她也爱着你，这才是最重要的。我也曾像你们一样年轻，胜利总是属于有情人的。你手头大概还留着跟她联系的办法吧？我不该这么侮辱你，认为你忽视了如此必要的预防措施。况且，这是多么美妙的乐趣啊！你们怎么联络的？”

“坏了！到目前为止，完全不可能让她跟我说上一句话，更别说，收到一句鼓励的话了。”

“真的吗？”

“我向您发誓。您是世界上唯一一个支持我的人，有什么必要对您撒谎呢?”

“的确如此，我是唯一一个支持你的人，永远不要怀疑这一点。不过，有几次你是不是经过苏菲的窗外?”

“我只敢这么做过一次，但是看到她，我也没有那么高兴。”

“这可真叫人难过。我可受不了事情一直这样。拿着！这是我们的秘密。马上写些话让那个可怜的孩子放心。什么都不要对她说，当然，像我们这种身份的人是不会泄密的。我会在她母亲毫不知情的情况下，巧妙地把这些安慰的话塞到她手里，我希望在这个周末以前，把事情都安排好，把事态扭转成我们想要的局面。”

瑞哈斯莫陷入一种可悲的境地。一方面，他热切地渴望完全信赖杰罗姆。另一方面，从刚才开始，他完全不信任他。兰沙伯爵跟他交谈的态度绝对坦诚。然而，他也在对瑞哈斯莫说一些童话故事。如果瑞哈斯莫的坦诚找错了对象，有什么不幸的事情是苏菲本人可能可以幸免的?假如，相反地，如果防备兰沙是一件蠢事，他的谎言只有自己知道，虽然杰罗姆不大可能察觉，就算察觉，他有生气的权力，甚至可能把他当作敌人?现在要不要写信呢?写完要不要交出去?该相信什么?该考虑什么?该如何谋划?该怎么解决?该怎么做?他的脑子里的议论和骚动比一座高炉发出的声响还要激烈，这座高炉里的二十座炉子正在喷射火柱，在熔化的铁噼啪作响，二十个巨大的榔头不合拍的敲击声和驱动榔头的瀑布所发出的令人厌烦的噪音相互应和。众多的不确定让他灰心丧气，他一边写信，一边自问写信这个行为是否谨慎小心。然而他对笔墨有一种天生的不幸的才能。他用他的风格写了长达十一页充满爱意柔情的胡言乱语、赴死的承诺、愤怒的呼喊，这些都是性情相当自然的流露，虽然情绪非常激昂，但他很小心地完全隐去某些话，因为那些话必然会跟刚才见面时他对杰罗姆所说的相互矛盾，正如你们所知，那些话一点也不真实。他怀疑他的知心人不会把信交付出去。值得确信的是，即使这封信应该永远到不了苏菲那双他深爱的手里，他还是会重读自己的信，写这封信的时候，他有一种极度的愉悦，这种喜悦来自于能够再一次把这些小说里的句子描绘在纸上，它们相当成功地且非常轻松地扰乱了创作者有趣的思想状态。

当瑞哈斯莫写信的时候，杰罗姆伯爵好像在一本正经地阅读佛伊将军[①]那篇关于人民自由的演讲的翻译稿。终于，他从他庇佑的那个人手里拿到那封珍贵的书信，杰罗姆把他按在胸口，充满感情地亲吻了他的双颊，瑞哈斯莫以一句勇敢的格言宣布了自己的态度：胜利或者死亡，如果杰罗姆没有强烈地怀疑演说家的真诚，这样的宣言会让他的爱人感觉到他的可贵。之后，杰罗姆去找帕拉兹夫人，和她进行了至少持续了两个小时的会面，会面结束后，苏菲被叫到了母亲家。

伯爵已经离开了。帕拉兹夫人神情苦恼，手里转着一串念珠，从没有张嘴到她说第一句话，苏菲已经确定：母亲在照本宣科。

“我亲爱的宝贝，”美丽的卡罗琳娜说，“你的教父非常生气。他刚刚告诉我一些骇人听闻的事情。年轻的德菲尼用一种最粗俗的方式在谈论你。他声称你爱他，还有你曾经送给他一条用你自己头发做的手表链，他把一个黄金材质的爱心系在这条链子上，那颗爱心还被一个写着苏菲的箭头刺穿了。而且，今天早上在咖啡馆，他向市里所有的年轻人宣读了一封写给你的信，这真是一连串冒失的行为。他竟然如此粗心大意把这封信落在了其中一个朋友手里，伯爵在这人手里找到了这封信并且拿了回来……当初你实在不应该鼓励这个年轻人。”

卡罗琳娜止住话头，稍稍注视窗外，刚才类似的体力消耗之后她需要休息，然而女儿看到母亲手里还没有完全数完的念珠，明白还要等等才能结束。所以，她端坐着，重新拿起了绿色小狗的绒绣，在一片寂静里，十分冷静地开始刺绣。

“我要跟你说，就我个人而言，”卡罗琳娜眼光跟随着一群朝着码头走去的赶驴人有一会儿了，才继续说道，“整个事件我看得不是很明白。唯一明白的是，你的教父不喜欢德菲尼，这封倒霉的信让他勃然大怒。实际上，这封信写得非常好，我看不出哪里特别不好了。”

苏菲继续刺绣，没有抬眼瞧母亲给她看的信，事实上，她看得一

---

① 马克斯密廉·瑟巴斯谦·佛伊（1775—1825）：法兰西第一帝国的一位将军。

清二楚。帕拉兹夫人接着说道，“最让人讨厌的是你的教父想要我们离开凯法利尼亚岛，他开始盘算去安科纳[①]待上两三年，他那里有个表亲在海关工作，他说服你父亲那是世上最美的地方。你也知道：你的父亲从来不跟你的教父对着干。但是，我的女儿，我们去安科纳会变成什么样子？我真希望伯爵永远不要有这个念头！”

“妈妈，你不觉得如果我把这条狗的舌头绣成更淡的绿色，这样会更好一点？”

“是的，我的孩子。但是，我更喜欢偏紫色一点，这样显得更自然。你明白我说的从这搬到安科纳好几年？安科纳是什么鬼地方？我确定在那座城里人们只说英语，我呢，从来没有记住一个英语单词！我向你保证，我们在那会无聊死的。你最好能找到一个阻止我们去安科纳的办法。”

第二天早上十点，瑞哈斯莫正坐在咖啡馆里，一个穿着破烂的平民小女孩上前攀谈，对他说：

“先生，我的表姐瓦斯丽基让我过来告诉您，请您把这个包裹交给我的叔叔伊奥利。”

小孩把一个长达几个法寸[②]被油布包裹的卷筒交到他手里，然后，没等他回答，就跑掉了。

瑞哈斯莫有一点吃惊。三个月以前，在他的部门确实有位伊奥利，之后这个人离职去了阿卡纳尼亚[③]的农场，所有人都猜测他干了强盗的营生。但是除了通过朋友的言论了解他的情况之外，他和这个旧侍从没有任何联系，他不明白为什么有人会把这个东西委托给他。然而，想到这一点，他回想起瓦斯丽基是帕拉兹夫人家里的厨娘，这就像一丝光亮更确切地说像微弱的希望的光芒，再考虑到昨晚那封

---

① 安科纳（意大利语：Ancona）位于意大利中东部亚得里亚海畔，威尼斯南部的小都市，亦是马尔凯区和安科纳省的首府。

② 法寸：法国古长度单位，等于 1/12 法尺，约合 27.07 毫米。

③ 古希腊地区名，四周以爱奥尼亚海（Ionian Sea）、安布拉基亚湾（Ambracian Gulf）、蒂阿墨斯山（Mt. Thyamus）和阿谢洛奥斯河（Achelous River）为界。

信，他觉得杰罗姆已经遵守承诺，可能是苏菲赞同教父的意见，找到了这个保持联系的办法。他飞快地从椅子上起身，跑回家。他用剪刀拆开缝合得很严实的卷筒上的油布，油布全部打开之后，包裹着旧报纸第二层的某些东西让他如此惊讶，任由它们从手中跌落，包裹里面的东西铺散在地板上：一块红色手绢，一柄尖锐的匕首和一束枯萎的紫罗兰。

紫罗兰并不神秘，它是一个确切的署名。一个月前，他把它送给了苏菲，而苏菲承诺会永远保存它；匕首是苏菲送给的某人使用的工具之一；而红色手绢提示了他需要做的事情。在当地的语言中，红色手绢透露的含义就像和平街上店铺的金字招牌一样清晰。

唯一不够清楚的是，谁是那个被选中的受害者。过分激烈的情绪折磨着瑞哈斯莫，他坐着，两个手肘撑在桌子上，脸色像死人一样苍白，也是一个男人被心爱的女人直接要求杀害某人应该有的苍白，他觉得拒绝是一种耻辱，所以接受这个要求是对的、有效的、必要的、不可避免的。只是他完全不知道这个人是谁。

到底应该谋害谁？这就是问题所在，考虑得越多，他就越茫然不知所措。因为对一个无辜的受害者下手，显然是丧尽天良。最重要的是不要搞错了。但是这个人是谁？仅仅几分钟之内，在他的脑海就涌现出躺着的一大片尸体，然后带着某种希望，他希望他所猜中的人并不是苏菲要求他杀害的那个人，他让他们一一复活。可悲的是，他必须仔细回想那些潜在的、最可能发生的、最罪恶的行为。

“我们来看看，”他哆嗦着自言自语，“帕拉兹是这位天使向我指明的那个人吗？”

帕拉兹！在他的想象里，他看到一个单薄的身影，这个年迈的人消瘦、深受折磨。他看到他染色的头发、盖到耳朵的帽子、天鹅绒背心、金链子，还有镶嵌着光玉髓圆头的小手杖，尤其还有他满脸皱纹的微笑和他特别喜爱的俏皮话。

“帕拉兹伤害她了吗？难道是他反对我们的爱情？啊！可怜的人！……但是为什么？他和这件事有什么关系？他从来没有掺和什

么！我和他毫无瓜葛。之前我是借给他三四个几尼[1]，但是我从来没有催他还给我，他应该不会将我拒之门外。如果不是帕拉兹，而我杀了他，那绝对是件蠢事，苏菲可能在这件事上不会原谅我。所以我应该对谁动手呢？她的母亲？那个胖胖的女士？就这么干吧！帕雷奥卡巴？难道他有可能在这个家里呼风唤雨？哦不！是兰沙，兰沙，虽然我怀疑他，但是他对我很好。那是谁，到底是谁？我的上帝啊！”

他心生一计。那是个星期天早上。他急急忙忙跑到教堂，在过道的台阶那儿等着，那会儿信徒的人群刚做完弥撒出来。他听到神父们带着鼻音的最后的颤音。一个熟识的人经过，然后第二个，接着第三个，最后出来很多。在人群里，他发现苏菲神情严肃，表情意味深长。她的母亲在右边，她的教父在左边，至于帕拉兹则跟在后头，白净的手开心地拨弄着油光发亮的黑色卷发。瑞哈斯莫目不转睛地盯着年轻的姑娘，表情欲语还休。她看懂了，和她的“护卫队”经过他面前时，没有和他打招呼。但是她的眼睛直视他的眼睛，然后突然转向兰沙伯爵，然后回看她的情人，好像在等待他的回应。事情非常明了。他做了一个同意的手势，与此同时，他感受到后面传来非常强烈的压迫感，转过身，他发现一个面露不善的男人，没有丝毫辩白，朝他露出刀鞘里的刀片，然后消失了。

“啊！就是这样！”瑞哈斯莫心想，“好咧！我们等着瞧吧！”身体上要挨上几法寸的想法催促他马上行动。当晚，他出发去了阿卡纳尼亚，几天之后，他在迈索隆吉翁[2]的一所房子里，悠闲地和伊奥利一起吃晚餐，他是来寻求指引的。这不是因为他想要放弃将要做的事情——其实在天堂、在赞特、在凯法罗尼亚、在所有的岛上，他很容易，我想是对所有人来说都很容易，以一个合理的价钱，找到可以为了朋友开拓前路的勇敢的男孩——而是有人要求他把红色手绢交到伊奥利手里。他认为应该听从信里的指示。

---

① 英国旧金币，合 21 先令。

② 迈索隆吉翁是希腊中南部城市，是希腊政府命名的圣城，是希腊人民追求自由的象征。

这个陷入爱河里的人告知眼前这个优秀的男人此行的目的，同时告诉他在目前处境下，对他完全的信任，瑞哈斯莫注意到伊奥利露出了惊讶的表情，他询问惊讶的原因。

“原因？你不太需要知道，”和他一起密谋的人回答道，“我只能告诉你，生命里有许多非比寻常的事情。十五年前左右，我和老阿波斯托莱基还有四五个其他同僚为兰沙伯爵先生效命，他对我们出手阔绰，这点确实要恭维他。现在阿波斯托莱基完全退休了，我们其中两个合伙人被英国人吊死了，真是十分可惜，现在我要去料理兰沙伯爵了，为了谁呢？为了你们！真是荒诞。但是，冥冥中自有主宰，虽然这不关我的事。”

在这一点上他不愿再多谈，作为一个务实的人，他对瑞哈斯莫交给他的任务非常重视，马上开始检查并讨论如何以最令人满意的方式完成。

一个星期以后，星期一到星期二的那个晚上，可能是接近午夜，杰罗姆·兰沙伯爵在一个拿着手提灯的女仆前面走着，通常从帕拉兹夫人家里返回住所，他都会经过一条狭窄的小街道，当他转过那个街角时，突然发现自己被五个人包围，其中四个很高大，至少在他眼里显得很高大，他先是被肩膀上狠狠挨的那一下掀翻在地，紧接着挨了第二下、第三下，这时他发现其中一个身影比其他人都要消瘦些，但是脸上遮着面纱，当这个人俯身倾向他的时候，他完全失去了知觉。

小女仆的提灯已经弄断了，但是她本能地发出惊恐的叫声。几扇窗户打开了。看清楚发生什么事情以后，没有人着急插手。直到最后，凶徒们失去了身影，才有人探头探脑，去找卫兵，有位警官经验丰富，和他的同僚一起过来。有人跑去通知英国专员，有人叫醒了帕拉兹夫人，她显得非常吃惊，和女儿出门之前就泪水涟涟了。帕拉兹应该会马上赶来，但是人们在哪都找不到他。第二天，他从某个乡下回来后，才知道这个消息。

老伯爵平躺在床上，头破血流，手脚好几个地方都被打碎了，一把匕首深深地插在身上。人们在事发地点找到一把多结的木制的狼牙棒，悬空的另一端布满了尖锐的大钉子。法官推断而书记官在笔录里记录那些凶手是用这个工具在不幸的杰罗姆身上造成了毁灭性的伤害。杰罗姆也是这么想的，他用虚弱的声音提供了几个信息，但是当人们问他是否认出了杀人犯，他回答说他没有认出任何人，在这个问题上，没有人能打破他绝对的沉默，非常耐人寻味。通常情况下，那些被虐待的人比较容易过度撒网而不是缺少怀疑对象。他们怀疑所有人，假如人们信任他们，整座城市的人都会被逮捕。老兰沙违背常理，拒绝指认任何人，这一点显得不同寻常。医生宣布他的伤非常致命，再活几个小时已经算很多了。人们决定不再打扰他。

当他和帕拉兹夫人和苏菲独处一室的时候，她们不停地啜泣。伯爵对他的朋友说："亲爱的，是瑞哈斯莫杀害了我。当他弯腰靠向我的时候，虽然脸上蒙着面纱，我还是认出他了。我不想要法庭搅和到这件事里来，这和它无关。但是，相反地，假如他们找到了一些不利的证据，你们要向我保证尽一切努力证明瑞哈斯莫的清白。你们要发誓说，你们知道他是无辜的，然后你们去我家取我留给苏菲的钱，这些钱足够让瑞哈斯莫血债血还，在他袭击我的相同的地方、以相同的方式、用相同的狼牙棒杀死他……我非常希望他的身上也插着相同的刀。"

在他表达这个相当合理的愿望的时候，帕拉兹夫人泪水和呜咽声更加止不住了。亲戚们都到了，神父紧随其后，街上人满为患，老杰罗姆咽气的时候既没有亲吻他珍爱的卡罗琳娜，也没有亲吻他可爱的苏菲。很明显，他的脑海里只想着一件事，就是热切地渴望看到瑞哈斯莫以他交代的方式和他重聚。

葬礼很隆重。大主教本人盛装主持了葬礼，来自不同教区的主教护送着他。英国专员用英语发表了一篇演讲，其中陈述了死者的政治才能，称其不断地为政治当局和宗教事宜奉献。轮到亲近希腊委员会的主席发言时，他用现代希腊语赞扬了伯爵为了独立事业而做出的不懈努力，但是他只是列举了一些美好的憧憬。接着，市长用意大利语发表演讲，为市政府委员会失去如此经验丰富的成员失声痛哭，同时他提到兰沙伯爵推动了整个欧洲在经济科学方面的发展，三十年前，他翻译了一本法语版的关于种子贸易的自由的宣传册。最后，初中的负责人用古希腊语——最纯粹的但是没有人能听懂的爱奥尼亚方言，夸奖了这位杰出的兰沙伯爵的文学天赋，他在青年时代用标准的现代希腊语翻译了一本法语小说，出自著名的杰出的菲尔维先生的《苏塞特的嫁妆》，这部小说让整个东部基督教徒在文明的路上有非常大的进步。

这些演说持续了八个小时，之后每个人都各自回家了。法院进行了组织最严密最巧妙的调查，还是一无所获。当他们试着调查兰沙伯爵是否有什么公开的敌人并且想要让他消失于世的时候，没有找到任何人。兰沙伯爵没有一个敌人。但是当他们深入调查他是否受人爱戴，他们发现大家普遍都讨厌他，这样明显的矛盾打乱了所有的盘算，他们不得不停止调查，宣布调查无疾而终。之后的调查只是做表面工夫，为了更光明正大地退出调查，有一段时候，他们还张贴出告示说明在负责另外一件事，总而言之，他们明白了他们永远也琢磨不透这件事。

在伯爵谋杀案前一个月，瑞哈斯莫·德菲尼就不在凯法罗尼亚岛上了，两个月之后，他从那不勒斯[①]回来重新出现在人们眼前，讲述了遇到的奇观，还有度过愉快时光的地方。

还在忙碌地绣那只绿颜色狗的苏菲对她的母亲说道：“妈妈，你不邀请德菲尼先生来看看你们吗？”

帕拉兹夫人发出一句呻吟，“但是你很清楚，我的孩子，”她悄声说道，“你的教父对我讲过的话。”

“你真的相信吗？”苏菲带着她往常的天真问道，但是惊讶的目光一直停留在母亲脸上，“你相信这个？难道以前，人们在提到萨拉伯爵的时候，没有说一些针对教父的可怕的故事吗？”

“可怜的萨拉！”伯爵夫人低声说。杰罗姆·兰沙活着的时候从来没有发生过这样的事情，她拿着手绢擦过眼睛，实际上，眼里已经含着泪花了。

“你认为教父谋杀了萨拉伯爵吗？”

---

① 意大利西南部港市。

“我的孩子，”伯爵夫人说道，“这是一些我们永远不应该谈论的事情。你还年轻，你不明白……类似的事情杰罗姆肯定不会什么都没做过，我也不相信瑞哈斯莫……我向你保证我对后者没有任何敌意。如果他跟他母亲只有一点的相像，那该多好，我向你保证，这位德菲尼夫人坏透了。以前我就对可怜的萨拉说过，他不应该和这样的人厮混在一起。不过，我向你保证，我对瑞哈斯莫充满友情。如果你不认为这不够尊重你的教父，我认为我绝对可以接待他。”

几个星期后，瑞哈斯莫和苏菲结婚了。他们幸福地生活在一起，并且有了很多孩子。

雅典，1865 年 4 月 25 日

羊脂球

［法］莫泊桑

覃千颖 译

一连几天，战败军稀稀疏疏地从城里经过。这远不是纪律严明的部队，倒是涣散无章的团伙。他们胡子拉碴，军服褴褛，没精打采地行进着，没有旗帜，没有将领。每个人似乎都精疲力竭，困倦不堪，脑袋空空，士气全无，仅仅是习惯性地前行，一停下来就倒在地上，满身疲惫。其实，他们大都是爱好和平的平民，先前靠自己的收入过着平静的日子，后来才应征入了伍。如今，他们的脊背被来复枪压得直不起来。队伍中有几个机敏过人的，个个胆小如鼠，却又满腔热情，迫不及待想要发起攻势，又随时准备溜之大吉。还有几个穿红裤子的正规军人，他们是在一次大战役中某师的残部。炮兵和步兵并肩同行，沉闷忧郁，了无生气。骑兵三三两两，带着铮亮的头盔，拖着沉重的步子，吃力地赶在队列的后面。一批批队伍陆续经过。这些队伍凌乱无序，却都有着响亮的队名："复仇盟"、"敢死队"、"兄弟连"。其实他们和匪帮别无二致。他们的领头之前或是布商，或是粮商，或是羊脂或肥皂零售商，如今形势所迫入了伍，有的因为满脸髭须，有的因为口袋有钱，就当上了军官。他们身上挂满了枪药，穿着镶金边的法兰绒军服，说话时颐指气使。他们探讨着战役计划，拿腔作调的样子，满以为危在旦夕的法国命运就担负在自己肩上。事实上，他们时常害怕自己的手下，那都是些恶棍，虽出奇勇猛，却烧杀抢掠，胡作非为。

消息传来，普鲁士军就要进入鲁昂了。

前两个月，国民自卫军小心翼翼地在附近的森林里侦察，时不时还对自己的哨兵开枪。就连地下的野兔有个沙沙声，他们都蓄势待发。如今他们都已经返回家中。他们的武器和军服，连同他们那些让公路边方圆八英里的人们不寒而栗的致命装备，都突然消失得无影无踪了。

最后一批法国军队刚刚跨过塞纳河，从圣塞维尔和阿夏尔镇取道，赶往奥德梅尔桥。队伍的后面是战败的将军。他走在两名勤务兵中间，看着自己的残兵败卒，无力回天，更唏嘘这个一向打胜仗的国家，纵有传奇般的英勇，如今却也被打得一败涂地。

接着一片深沉的寂静，一阵令人不寒而栗的恐惧笼罩着城市。许多大腹便便，在多年的商海里削掉了锐气的市民焦躁不安地等待着战胜军的到来。他们战战兢兢的，唯恐自己的烤架和厨刀被误当武器论处。

往日的生活似乎已经戛然而止。商店紧闭，空巷无人。偶尔有个居民路过，也惊悸于这寂静，沿着墙边阴影飞疾而过。这悬而未决的恐惧令人痛苦，人们甚至希望敌军早些到来。

法军撤离的第二天下午，一群来路不明的普鲁士枪骑兵迅速从城中穿过。随后，黑压压的一群人马从生卡特里纳山下走，达尔纳塔尔和布瓦吉奥姆两条大路上也分别来了一群侵略军。三支队伍的先遣部队不偏不倚，同时到达市政府大厦前的广场。随后，德军士兵涌满了附近的街道，他们坚实沉稳的脚步声充斥在大街上。

街上房屋看似荒废寂静，但在迅速紧闭的窗户后面，人们却能听到德国人用他们听不懂的喉音发出的声声命令。人们躲在百叶窗后，急切地窥探着这些胜利者。按照“战争法则”，他们现在是这座城市的主人，主宰着它的财产和生命。在幽暗的房间里，人们被恐惧笼罩着，就像面临巨灾和地震一样。在这样的灾祸面前，人类所有的努力和挣扎都是徒劳。当所有常规秩序被打乱，当安宁远去，当所有由人间法律和上苍保护的权利被无常又野蛮的力量所蹂躏，人们都心生同样的恐惧。地震将整个国家的屋舍夷平；洪水泛滥，将贫农的尸首，连同牛尸和坍塌的房梁一并吞噬；军队借着光荣的幌子，弑杀自卫的人们，俘虏其余的人，挥着军刀，大肆抢掠，用轰隆的炮响向神灵致谢。这些灾祸都令人毛骨悚然，让人不再相信天理昭昭，不再相信我们还有上苍和人间正道的庇护。

小队士兵挨家挨户叩门，然后盈门而入。被征服的人们都明白，他们不得不对这些胜利者毕恭毕敬。

没过多久，头一阵惊慌过去之后，人们又恢复了平静。许多屋子内，普鲁士军官与住户一家同桌共食。这些军官大都很有涵养，出于礼貌，还会表达对法国的同情，并说自己参战也是身不由己。法国人家对他这番言辞当然深表感激，何况，他们说不定哪一天还得向他寻求庇护。他们若是够圆滑，就能让家里少留宿些士兵。谁没事要去惹怒这位军官呢，他们一家子的命运可都在他手上啊！这样做可称不上英勇过人，倒是有勇无谋。这些日子鲁昂人民神勇自卫的美名尽人皆知，他们可不是有勇无谋之辈。大家最后达成协定说，出于法国人的礼貌，鲁昂人只要不在公开场合表示对外国士兵的亲热，在自家里和他们以礼相待还是可以的。出了家门，市民和士兵互不相识，但到了家中，他们就自如地交谈。每天晚上，德国军官都会与友好的一家人在壁炉边多坐一会儿，暖暖身子。

就连小镇也开始慢慢恢复了往常的面貌。法国人很少到屋外走，但街上满是普鲁士士兵。另外，穿蓝色轻骑兵制服的军官们虽会趾高气扬地拖着杀戮兵器走过大街，遭人不齿，但和去年在这些街道上酒馆里喝酒的法国装甲兵比起来，他们也坏不到哪里去。

但这儿的气氛有些不对劲，有些异常而微妙。这种异样的氛围像一种气味——侵略的气味——弥漫在空气中，令人难以忍受。这气味漫过住宅，漫过公共场所，让人食不甘味，甚至想象自己置身偏远之地，受困在危险又野蛮的部落里。

胜利军开始索要金钱，大笔大笔的金钱。居民们有索必应，他们有的是钱。但是，越是有钱的诺曼底商人越是痛心，因为他不得不把自己的财物割让于人，眼睁睁地看着手上的钱财流入他人之手。

然而，城外沿河往下六七英里的地方，河流经过克鲁瓦塞、迪耶普大耳和比萨尔的沿岸一带，船夫和渔民常常在水中捞到德国人的尸体，这些德国人穿着制服，尸体肿胀，死于利刃或棍棒之下，头部被石头挤破，也可能是从桥上跌入河中撞破。河床的泥淖掩埋了这些暗中进行的复仇。这些复仇虽野蛮，却也在情理之中。这些不为人知的英勇事迹，这些默不作声的袭击，比起光天化日之下的战争更是危险重重，且全无浪漫的光环。这些英勇的人充满了对侵略者的仇恨，一念复仇之心就能让他们赴汤蹈火，死不足惜。

最后，人们胆子开始大起来，因为虽然侵略军置镇子于高压之下，但传闻中他们乘胜进军时所犯下的暴行却没有一个在这里发生。买卖还是免不了要继续，这让一些当地商人又开始蠢蠢欲动。他们一些人在阿弗尔港有重要的买卖，那片地方如今是法军占领。他们打算沿陆路去往迪耶普，再从那儿乘船去阿弗尔港。

他们认识一位德国军官，托了他的关系，得到总司令的允许，可以出境。

于是，他们备好一辆四马马车，一同离开的十个人将自己的名字交给车主。他们决定挑个礼拜二，在天亮之前离开，免得引太多人注意。

多日严寒，地面已是冰冷坚硬。礼拜一下午三点左右，北边的乌云带来了绵绵白雪，整晚整夜不停地飘落着。

凌晨四点半，旅人们在诺曼底大旅社的院子里碰面，准备在那儿上车离开。

他们个个睡眼惺忪，裹着披肩，冷得瑟瑟发抖。天色昏暗，只能模模糊糊看到对方的样子。他们身上裹着厚重的披肩，看起来像是穿着长袍的肥胖牧师聚到了一块。但有两个男人相互认出了对方，另一个男人也和他们打了招呼，他们三人开始聊起来。“我把我太太也带上了。”其中一个人说。“我也带上了。”“我也是。”第一个开口的人说道：“我们不想再回鲁昂来了，如果普鲁士军要进入阿弗尔，我们就到英国去。”他们三个人都有同样的打算，性情脾气也相似。

到了这个时候，马还没有套好。时不时有马夫提着小灯笼路过昏暗的门道，很快又走进另一扇门里。偶尔能听到马蹄声，踩在粪堆上或稻草上，并不清脆。屋内传来一个男人对马匹说话的声音，冲着它们咒骂。后来听到一阵铃铛的微弱响声，看来马就要上好套了。这铃铛声慢慢变得连续不断，随着马儿的晃动忽高忽低，有时突然停止，然后猛然变成一阵哐当大响，中间还伴着马匹铁蹄抓磨地面的声音。

门突然关上，所有的声响都停止了。

旅人们默不作声，纹丝不动，在严寒中僵立着。

晶莹洁白的雪花像厚厚的幕帘飘落到大地上，将所有的事物包裹在冰冷的泡沫斗篷里，模糊了所有的轮廓。在这四处蔓延的寂静里，没有任何声响。深冬的城市吞没了飘雪微弱的无以言状的沙沙声，这与其说是声音，倒不如说是一种感觉。清缈的微粒，柔柔地飘洒着，似乎弥漫所有的空间，覆盖了整个世界。

马夫又提着灯笼走出来，用绳子牵着一匹马。马儿看起来郁郁不乐，显然不情不愿被拉到外面来。马夫将它牵到柱子旁，绑上挽绳，绕着它看了看，确保挽具已经安好。这花了他好一会工夫，因为他一手提着灯笼，只能用一只手忙活。他正要回去牵第二匹马，忽然注意到这群一动不动的旅人，身上落满了白雪，于是对他们说道："你们怎么不到马车上去？怎么说也能有个遮挡呀。"

他们似乎都没有想到这点，急忙坐到车上去。三个男人把他们的妻子安顿在马车最里头，然后各自上了车。另外几个人也踏上马车，坐上剩余的位子。他们的面目还看不清楚，满身白雪，一语不发。

马车上铺着麦秆，厚厚的一层，脚踩上去就往下陷。最里面的几位女士带了用化学燃料取暖的小巧的铜制暖脚炉。她们开始点起暖脚炉，低声说着这些玩意有多好用，把她们早已熟知的东西絮絮叨叨讲了一遍又一遍。

考虑到路途积雪厚重，车夫备了六匹马赶路，而不止四匹。马车外一个声音问道："人都来齐了吧？"车内一个声音回答道："齐了。"于是他们出发了。

马车缓缓地、缓缓地前行，缓得如蜗牛一般。车轮深陷在雪堆里；车身吱吱作响，摇摇欲坠；马儿踉踉跄跄，喘着粗气；车夫的长鞭不停地策打，四处飞扬，收卷，然后如修长的蛇身一般长长地飞出，抽打在马儿的侧肋上，催着马儿不断加快步子，卖力前行。

但是天很快就要亮了。那些轻盈的雪花，先前被车里一位土生土长的鲁昂人比作棉花雨的雪花，已经不再飘落。一缕朦胧的光线透过厚厚的乌云，衬托着整片田野炫目的白色，这抹白色上还时而点缀一排盖着晶莹白霜的高树，时而点缀一座戴雪帽的屋舍。

马车内，乘客们借着微弱的晨光好奇地打量着每一个人。

马车最里头，最好的两个位置上，卢瓦佐夫妇相对而坐，安睡着。卢瓦佐是大桥街的大酒商。他先前给一个商人做雇员，那个商人生意失败，卢瓦佐买了他的店产，自己挣了大钱。他以低价向乡下的零售商们售卖劣酒，他的朋友和熟人们都知道他就是个狡诈的无赖，一个诡计多端、满嘴胡言的诺曼底人。人人皆知他就是个骗子，在鲁昂人的口中，卢瓦佐的名字就成了欺诈的代号。

除此之外，卢瓦佐还闻名于自己的小把戏。他喜欢开各种或荤或素的玩笑。一提到他的名字，人们都免不了说："卢瓦佐啊，他可真是块活宝。"他个子不高，大腹便便的，面色红润，胡须花白。

他的妻子是个高大健壮的女人，大嗓门，总是说一不二，志在必得。在他们的店里，卢瓦佐靠着愉快友好的性格带来生机，她则负责管理经营，精打细算。

他们旁边坐着的，是风度翩翩的卡雷—拉马东先生。他的社会地位更高了，是棉花业的领头人物，手下经营了三家纺织厂。他是曾获得荣誉勋章的军官，又是省会议员。帝国时期，他一直领导着温和的反对派，他这么做的唯一目的，用他的话说，就是用"儒雅的武器"攻击对方，再附和对方，以便让自己的付出得到更多的回报。

卡雷—拉马东夫人比她的丈夫年轻很多。对许多在鲁昂借宿的出身良好的军官来说，她真是令人倍感宽慰，因为她漂亮，苗条，又优雅。她坐在她丈夫对面，蜷在裘皮大衣里，哀伤地看着马车内一片清冷。

他们旁边坐着的是于贝尔·德·布雷维尔伯爵和伯爵夫人。他们的名字在诺曼底算是最高贵、最古老的名字之一了。伯爵出身显赫，充满了贵族气质。他天生就长得有几分像亨利四世国王，加上他挖空心思装扮，看起来更加相像了。相传亨利四世国王是一位布雷维尔夫人的情人，还曾使她身怀六甲。她的丈夫知情后，被封为伯爵，还当上了省长。布雷维尔家族一直为这事倍感自豪。

于贝尔伯爵和卡雷—拉马东先生一样，是省会议员。同时，他还是省里奥尔良派[①]的代表。他在南特市和一位小船主女儿的婚姻一直被人私下津津乐道。但是伯爵夫人雍容华贵，待人接物又胜人一筹，甚至有人说路易·菲力浦的一位王子还追求过她，贵族们都竞相讨好她。在整个乡村地区，就数她的客厅最高贵，也只有她的客厅还保留着古老的高雅情调。想要跻身她的客厅，可并非易事。

据说，布雷维尔家族每年的收入就有五万法郎，且他们家族的财产都是不动产。

这六个人占了马车上乘客的主体。他们都是有钱有势的上流人物：家道丰裕，盛名在望。他们都有信仰，谨守教义。

巧然，所有的女士都坐在同一边。伯爵夫人旁边还坐着两位修女，她们忙着把弄手中长长的念珠，念着《天父经》和《圣母经》。其中一位年纪大了，脸上的天花斑坑坑洼洼的，像是中了一阵霰弹；另一位看着病怏怏的，虽然生得俊俏，却不加收拾打扮。她急促地咳嗽着，像患了肺痨似的，想必是让信仰耗尽了精力，这都是殉道者和梦想家的作为。

坐在两位修女对面的一男一女甚是引人注目。

这个男人是个知名的角儿，科尔尼代，他是位民主党派人士，让所有体面的人都生畏。过去的二十年，他常常留着棕红色大胡子，在共和党人的酒吧里喝啤酒。他父亲是个甜点商，给他留了一份可观的遗产，他却和一群朋友挥霍尽了。现在他正焦急地等着共和政体的到来，好能凭借自己巨大的开销，获个一官半职。九月四日，也许是有人和他开了玩笑，他信以为自己已被委以要职。但他要走马上任时，负责的职员却拒不服从他的领导，逼得他不得不退位。然而，总体来

---

① 奥尔良派：十八至十九世纪法国拥护波旁王朝奥尔良系的立宪君主主义分子，代表法国金融大资产阶级利益。

说，他还算是个好人，待人温和，乐于助人。他一腔热血地参与策划鲁昂的防御事宜，挖地洞，砍树林，设陷阱。敌军逼近时，他急忙赶回城里，对自己所做的准备十分满意。他想着，现在阿弗尔可能很快还需要挖新的沟壕，他又有更多的用武之地了。

这女人是个有名的官妓，到了这个年纪就这么肥胖丰满，甚是罕见，也因此有了个绰号："羊脂球"。她身材娇小，像头小猪一样，胖乎乎的。手指胀鼓鼓的，关节紧缩着，看起来像一排排短火腿。她的皮肤光鲜紧致，丰腴的上身裹在紧身胸衣里。尽管如此，她还是颇有吸引力，让不少人追求，因为她看起来精神抖擞，讨人喜欢。她的脸蛋像绯红的苹果、刚刚绽放的牡丹花蕾；她的眼睛乌黑亮丽，浓厚的睫毛将阴影洒在她深邃的眼窝里；她的嘴唇小巧红润，丰满诱人，还有细白的牙齿衬托着。

一认出她来，车上几名正派的太太就开始交头接耳。"荡妇"、"见不得人"这样的字眼说得太大声，引得羊脂球抬起了头。她立即用挑衅而大胆的眼神看着身边这些女人，让她们瞬间安静下来。所有人垂下了眼睛，只有卢瓦佐还饶有兴致地看着羊脂球。

但是三位太太的谈话很快又继续了，这个姑娘的出现似乎让她们加深了彼此间的友谊，甚至可以说是亲密的友谊。她们决心应该同仇敌忾，对付这个恬不知耻的荡妇，维护她们作为妻子的尊严，因为合法的爱情总是对放荡的私情嗤之以鼻。

科尔尼代的出现也唤醒了三个男人保守派的本性，他们同聚一心，大谈钱财话题，口气里满是对穷人的鄙夷。于贝尔伯爵说到了他在普鲁士人手上的损失，又说到他被盗的牛羊，还有被糟蹋的庄稼。他说话时语气像个腰缠万贯的贵族一样满不在乎，似乎这损失对他来说至多也就折腾个一年半载的。卡雷—拉马东先生是位在棉花业纵横多年的人，他早就悉心将六十万法郎转到英国，以备不时之需。他总觉得有一天会急需用上这些钱。至于卢瓦佐，他设法将自己库存里所有的酒都卖给了法国的军需部，所以现在国家欠了他一大笔债，他希望能在阿弗尔把这笔债讨回来。

他们三人用友好而温和的眼神看着彼此。尽管社会地位各不相同，但他们却因金钱情谊而亲如兄弟。那些有钱的主儿，随随便便把手伸到裤子口袋里都能碰到叮当作响的金子的人们，他们到哪儿都是意气相投。

马车走得实在缓慢，到了上午十点还没走十二英里。有三次，车上的男人们不得不下车徒步爬山。乘车的人们本打算在托特吃午餐，现在看来，天黑之前都不大可能赶到那儿。他们开始感到不安，焦急地看着路边，盼着能有个小旅店。但是不巧，马车突然陷到雪堆里，花了几个小时才推出来。

人们开始饥肠辘辘，精神头也就下去了。他们找不到一家旅店，一家酒馆。普鲁士军正在逼近，饥饿的法国部队也要从这儿路过，吓得没人敢在这一带做生意。

男人们在路边的农舍里搜寻，但连一片面包都没有看到。农民都不约而同地把粮食藏好了，免得被士兵们抢掠，这些士兵没了粮食，一有发现就霸占为己有。

大约一点钟时，卢瓦佐宣称自己快饿瘪了。大家也和他一样，饿了很长时间，如今饥饿加剧，他们连话都不想再多说一句了。

时不时有人打个呵欠，另一人紧跟着，轮流打个不停。大家性格各异，教养和社会地位也有所不同，呵欠有的打得安静，有的则很大声。他们神情麻木，打呵欠的时候手放在面前，呼出的气很快凝成了雾。

有几次，羊脂球弯下腰，似乎想要在衬裙下找什么东西。她犹豫了一会，看看她周围的人们，又直起腰坐着。所有的人都面色苍白，面容紧绷。卢瓦佐扬言愿意拿一千法郎换一指节长的火腿。他的妻子很快做了个不情愿的手势。她一听到要浪费钱就心疼，甚至这样的玩笑都让她别扭。

“说实话，我感觉不太舒服，”伯爵说道，“我怎么就没有想到带些粮食呢?”每个人都这样责备自己。

科尔尼代带了一瓶朗姆酒，并邀周围的人一起喝，但除了卢瓦佐，其他人都冷冷地拒绝了。卢瓦佐抿了一口，把酒瓶递回来，谢道：“这真是好东西，又暖身子，又解馋。”喝了酒后，他变得幽默起来，还提议道他们应该像歌词里的水手一样：把同行的最胖的人吃掉。他这样影射羊脂球，让车里其他有教养的人们大为震惊。没有人回话，只有科尔尼代微微一笑。两位修女已经不再念经，手抄在宽大的袖子里，一动不动地坐着，眼帘低垂，无疑是供奉上苍赐予的苦难。

下午三点，他们还是望不到一个村落，几乎都陷入了无边的痛苦中。羊脂球很快弯下腰，从座位下面拉出一个一张白色餐布覆盖着的大篮子。

她先从篮子里取出一个陶瓷碟子和一只酒杯，随后又取出一个盘子，盘子里装了整整两只鸡，鸡都切好了，还裹着酱汁。大家看到篮子里还有其他好东西：馅饼、水果，各种美味，足够吃三天的。有了这些佳肴，就不必到路边的旅店吃饭了。食物中间还立着四只瓶颈。她拿了一个鸡翅，就着一根诺曼底人称作“摄政时代”的面包卷，开始讲究地吃起来。

所有人都直直地看着她。食物的香气弥漫在空气里，让人鼻孔膨胀，口水直流，腮骨紧缩得有点发疼。几位太太对这位品行不端的姑娘的轻蔑之情猝然陡增，她们恨不得宰了她，或者把她连同她的酒杯、篮子，还有食物，通通抛进车下的雪堆里。

然而卢瓦佐的眼珠子盯着装鸡肉的盘子一动不动，他说：

“哦，哦，这位小姐比我们所有人都要想得周全啊！有些人就是的，什么都能考虑到。”

她抬起头看了看他。

“你要不要也吃一些，先生？这样一整天不吃不喝的，是很难熬。”

他躬了躬身。

“说心里话，我是没法拒绝的，我一分钟都熬不下去了。战争时期就不讲究那么多了，对吧，夫人？”接着，他扫了一眼周围的人，又说道。

“在这样的时期，碰到热心肠的人可真是叫人欣喜。”

他在膝盖上铺了张报纸，避免弄脏裤子，接着用他一直随身携带的小折刀切了一只裹着果酱的鸡腿，很快就吃光了。

接着，羊脂球用轻柔而谦恭的语气邀请修女们和她一起就餐。她们俩都毫不迟疑地接受了邀请，喃了几句感恩的话语，低垂着眼睛，开始迅速吃起来。坐在一边的科尔尼代也没有拒绝邀请，连同两位修女一起，他们四个人在膝盖上铺了报纸，围成了餐桌的样子。

几张嘴张张合合，狼吞虎咽地吃。角落里的卢瓦佐吃得起劲，并低声敦促他的妻子也随他一道。她起初怎么也不肯，最后终于耐不住辘辘饥肠，才开口答应了。她的丈夫用最礼貌的口气询问他“迷人的同伴”是否可以让他给卢瓦佐夫人拿些吃的。

“哦，当然可以，先生，”她回答道，友好地微笑着，把盘子递了出去。

第一瓶干红葡萄酒开启后，大家都感到些许尴尬，因为只有一只酒杯，但大家共用了这只酒杯，喝完后擦拭好就传给下一个人。只有科尔尼代，无疑是为了献殷勤，身边的女邻座才喝完，他便就着酒杯被嘴唇湿润的边缘喝起来。

接着，科尔尼代夫妇和卡雷—拉马东夫妇看着周围用餐的人们，几乎是被食物的味道呛得透不过气来。他们耐着令人憎恶的折磨，像坦塔罗斯[①]那样痛苦不堪。突然，棉纺厂长的妻子长叹一声，引得所有人都转身朝她看去。只见她面色像外面的雪一样苍白，眼睛紧闭，耷拉着脑袋，已经昏迷了。她的丈夫大惊失色，祈求大家给他帮帮忙。大家似乎都束手无策，直到年长的那位修女抬起病人的头，让她喝下几滴酒。这位漂亮的太太动了动，睁开眼睛微微一笑，用微弱的声音说她没事了。但为了避免这样的灾难再次发生，修女又让她喝了满满一杯干红葡萄酒，并说道：“你就是饿着了，没其他毛病。”

羊脂球涨红了脸，感到很不自在，看着那四个仍不进食的乘车人，喃喃地说道：

“上天啊，我多想给这些女士和先生一些……”

---

① 坦塔罗斯：宙斯的儿子。因弑杀亲生儿子并用其肉招待众神而被打入地狱，忍受三种痛苦的煎熬：饥饿、干渴和死亡的恐惧。

她突然停了下来，唯恐遭人冷落。但是卢瓦佐继续说道：

“当然啦！在这样的时刻，我们都是兄弟姐妹，应该互帮互助。来，来，女士们，别呆呆站着，看在上帝的面子上！谁知道我们今天晚上能不能找到个房子过夜呢！要是以目前的速度，我们明天晌午都到不了托特。”

他们犹豫着，没人敢第一个接受，但是伯爵打破了僵局。他转向怯生生的姑娘，摆出一副高贵的姿态，说道：

“我们承蒙拜纳，感激不尽，夫人。”

万事开头难。大家一跨过卢比孔河①，就开始毫不顾忌地吃起来。篮子很快空了，里面还有一份鹅肝酱，一个云雀馅饼，一块熏牛舌，一些克拉萨纳梨，一块硬面包，几小块蛋糕，还有满满一杯腌制的酸黄瓜和葱头。羊脂球和所有女人一样，喜欢吃生蔬菜。

他们不能光吃这姑娘的东西却不和她说话。于是他们开始聊起来，起初很是冷硬，后来看着她似乎并不莽撞无礼，就变得自在了许多。布雷维尔夫人和卡雷—拉马东夫人都是深谙世故的女人，待人亲切而圆滑。伯爵夫人尤其令人着迷，她性格亲切而高雅，仿佛即使和卑微的凡人交流，也玷污不了她贵妇人的气质。但是固执的卢瓦佐夫人有颗像宪兵一样铁面无情的心，她依然闷闷不乐，没吐几个字，只顾一个劲地吃。

谈话很自然地转到战争上。人们历数普鲁士人的卑劣事迹，列举法国人的英勇壮举。所有这些流离失所的人们无不对他们勇敢的同胞们充满了崇敬之情。很快，大家又聊到自己的遭遇。羊脂球用她这个阶级和性格的姑娘们常用的激烈口气，满怀诚挚地说起她为何离开了鲁昂。

“我本以为我可以留下来的，”她说，“我的房子里屯满了粮食，我想着，就忍忍吧，给几个士兵吃饭总比让自己流离天涯要好。但是

---

① 卢比孔河：意大利北部河流。公元前四十九年，凯撒破除将领不得带兵度过卢比孔河的禁忌，进军罗马与庞培决战并获胜。“跨过卢比河”意为破釜沉舟，采取果断行动。

我一看到普鲁士人就忍无可忍了！我气得热血沸腾，成天因为羞耻而哭泣。哎，我要是个男人就好了！我从窗户看着他们，这些肥猪，带着尖顶头盔的肥猪！若不是侍女拉着我，我定要把桌椅往他们身上砸。后来他们当中几个人还在我家里寄宿。第一个人一进来，我就冲过去掐他的脖子。勒死这些人和勒死其他人一样容易！要不是有人揪着我的头发把我从他身边拉着，我没准就把他掐死了。从那以后我就不得不躲躲藏藏。机会一来我就离开了那个地方，这会儿又跑到这儿了。”

大家对她称赞有加。他们都没有像她那样勇敢，因而对她更加尊敬了。科尔尼代面带传道者般赞许而慈善的笑容听她诉说，那笑容如同牧师倾听信徒颂扬上帝的时候所带的笑容。对他这样蓄着长胡须的民主派人士来说，爱国主义高不可犯，就像信仰对牧师来说高不可犯一样。他接着侃侃而谈，用说教的武断口气，学着每天镇子墙上贴着的布告辞藻，滔滔不绝地说，最后还像个雄辩家那样，辱骂“路易·拿破仑·波拿巴那个丢了心智的蠢货”。

但是这触怒了羊脂球，因为她是个热衷的波拿巴派。她脸红得像樱桃一样，愤愤不平地说道：“我倒想看看你要是有了他那样的境遇会怎样！你，还有你们那一帮人！那一定乱得一团糟了。是的，没错！就是你们背叛了他！要是法国让你们这些混蛋统治，我们都活不成了！”

科尔尼代并没有被这样激烈的言辞所动，依旧面带高高在上，不可一世的微笑。眼看着羊脂球就要激昂陈词，幸好伯爵出面调停，费了一番口舌，说任何诚恳的想法都应该被尊重，才让这个义愤填膺的女人平静下来。但是伯爵夫人和棉纺厂长的妻子同所有上层社会人士一样，对共和国充满了莫名的仇恨，又像所有的女人一样，对专制政府的浮华和礼节充满了感情，因而觉得羊脂球的想法和她们的几乎不谋而合，不由自主地倒向这位年轻的女人。

篮子空了。这十个人毫不费力地吃完了里面所有的东西，最后纷纷表示遗憾道，这篮子要是能多装些就好了。大家仍继续说了一会儿话，但东西吃尽之后，谈话渐渐就消停了。

夜幕降临，天色愈来愈黑暗。羊脂球尽管丰腴，还是冷得瑟瑟发抖。于是德·布雷维尔夫人把暖脚壶借给了她，这暖脚壶从早上到现在已经添了几次炭火了。她立即接受了暖脚壶，因为她的双脚已经冰冷难耐。卡雷—拉马东和卢瓦佐夫人也将各自的暖脚壶给了两位修女。

车夫点亮了灯笼。灯笼耀眼的光束照在马儿大汗淋漓的侧身冒着的雾气上，照在路边的雪堆里，灯光一闪一闪地照过时，雪堆好像在铺展开来。

马车内一切都模糊不清。不过，羊脂球和科尔尼代坐着的角落里突然有了个动静。卢瓦佐似乎在昏暗中看到那个体型彪大，满脸胡须的民主党人迅速向一边移动，好像他中了一击，这一击虽悄然无声，却一矢中的。

前方微弱的灯光忽明忽暗。托特到了。马车跑了十一个小时，加上给马匹喂食和休息的三个小时，路上一共花了十四个小时。车子驶到镇上，在招商旅馆前面停了下来。

马车门打开了，一个熟悉的声响让所有旅人惊醒，那是枪套碰在路面上锵锵作响的声音。紧接着，人们听到一个用德语吆喝的声音。

虽然车子已经停稳，但无人走出车门，似乎他们害怕一离开座位就惨遭杀戮。于是车夫过来了，手里提着一个灯笼，霎时将一抹灯光照进车厢内，照亮了所有人惊惶的脸庞。他们张着嘴，眼里满是讶异和恐慌。

车夫身边站着一位德国军官，灯光照满了他整个人。他是个高挑的年轻人，英俊而修长，军装紧紧地裹着，就像女人裹着紧身胸衣一样，铮亮的平顶帽斜向头部一侧，让他看起来像个英国旅馆的侍役。他夸张的胡须又长又直，在脸的两侧越长越细，到最后只剩一根金色胡子，几乎难以看到。那胡须似乎把他的嘴角向下拉着，让他的嘴唇下垂。

他用阿尔萨斯口音法语请旅人们下车，语气很是生硬：

“女士们，先生们，可否恭请下车？”

两位修女先下了车，表现得殷殷恳恳。她们都是温顺的圣女，习惯了在各种场合都俯首顺从；接着下车的是伯爵和伯爵夫人，随后是棉纺厂长和他的妻子，随后卢瓦佐也下来了，推着比自己粗壮的妻子走在前面。

“您好，长官。”他脚一踩在地上，就对军官打招呼。他这样做不是出于礼貌，而是出于谨慎。对方则像所有的当权者那样傲慢无礼，只是盯着他，不予回应。

羊脂球和科尔尼代虽然靠近车门，却在最后才下车。他们在敌人面前神情凝重而严肃。胖姑娘努力控制着自己的情绪，表现得沉着冷静。民主派人士则用微微颤抖的手抚摸着红棕色的长胡子。两人都努力保持着尊严，因为他们心里很清楚，在这样的时期，每个个人都多多少少代表着自己的祖国。他们不满于自己同胞们那样顺从讨好的态度，羊脂球努力比那些品行高尚的太太多出几分骨气，科尔尼代也认为自己有责任做个好榜样，于是继续保持着反抗的态度，他负责给鲁昂周边的高速公路布雷时就已开始抱着这样的态度了。

他们走进旅店宽敞的厨房，德国军官索要了他们的通行证，上面带有总司令的签字，以及每位旅人的名字、外表特征和职业。他仔细地观察每一个人，将他们的外表和纸上描述的细节一一比较。

看完后，他突然说了声：“行了。”于是迈着步子走开了。

他们都松了一口气。大家都饿了，于是点了晚餐。晚餐要用半个小时才能做好，两位用人忙着准备晚餐的时候，旅人们去看了看他们的房间。房间都设在一道长廊的边上，走廊的尽头是一扇上玻璃门，门上标着一个号码①。

他们正要坐到桌边时，旅店老板过来了。他之前是个马贩，个子高大，患有哮喘，总是不停地喘气，咳嗽，清嗓子。他随父亲传下来的姓氏，叫福郎维。

他喊道：

“伊丽莎白·路塞小姐是哪位？”

羊脂球一惊，转过身来。

---

① 指厕所。

"是我。"

"小姐，普鲁士军官想要立刻和你谈谈。"

"和我?"

"没错，你要是伊丽莎白·路塞小姐的话。"

她犹豫着，想了想，随后厉声说道：

"也许是找我的，但我不去。"

她周围一片骚动。他们不知道普鲁士军官为什么下了这样的指令，于是各作推测。伯爵走过来说道：

"你这就不对了，夫人，因为你这一拒绝，不仅给自己惹麻烦，还给你所有的同伴惹麻烦。要得罪了那些当权者，总是没好果子吃的。你若听从了这指令，是不大可能会有什么危险的。他下这样的指令，也许是因为疏漏了些手续。"

所有人都跟着附和伯爵的话。他们对羊脂球又是恳请，又是督促，又是说教，最后终于把她说服了。每个人都担心羊脂球又犯倔，让这事情节外生枝。她终于开口道：

"你们要记住，我是为你们好才这么做的!"

伯爵夫人握过她的手。

"我们都对你心存感激。"

她离开了厨房，大家都等着她回来再开始吃饭。每个人都犯愁，为何找的不是自己，偏偏是这容易冲动、脾气火爆的姑娘。每个人都在心里准备了些陈词滥调，想着万一自己被召唤过去，还能有的一说。

十分钟后，她回来了，喘不上气儿来，愤怒得一脸绯红。

"哦! 那个无赖! 无赖!"她结结巴巴地说。

所有人都焦急地想知道是怎么回事，但她没有说明。伯爵一个劲地询问，她愤怒的回应让他哑口无言。她说道：

"不，这事情与你们无关，我是不会说的。"

他们围着高高的汤碗坐下，碗里飘着白菜的香味。尽管受了点惊吓，晚餐还是愉快的。苹果酒很不错，卢瓦佐和两位修女为了省钱就喝了苹果酒。其他人点了葡萄酒，科尔尼代则要了啤酒。他用他自己的方式拔去酒瓶塞子，让啤酒冒着气泡，然后倾斜杯子，盯着里面的啤酒看，再把杯子举高，放到灯底下，认真地观察啤酒的颜色。他胡子的颜色和他最喜爱的酒酿相得益彰。他喝酒的时候，胡子似乎深情地颤动着。他的眼睛眯成一条缝，努力盯着心爱的酒杯，看那样子，就好像他天生就只为做好这一件事似的。他似乎已经在心里将生命中两个最爱——淡色啤酒和革命——紧紧地联系在一起，显然，他品尝其中一个的时候免不了惦记着另一个。

福郎维先生和太太坐在桌子的另一端吃饭。福郎维先生像个坏掉的机车一样喘着粗气，吃饭的时候呼吸急促，话都没法说。但是他的妻子一刻也没有安静过。她说普鲁士人刚来的时候，他们的所做所言着实是让她震惊。她痛骂这些人，一来是因为他们花了她的钱，二来是因为她有两个儿子在部队里。她主要是对伯爵夫人说话，一有机会和贵妇人说话，她就倍感荣幸。

随后她降低了声音，讨论些敏感话题。她的丈夫时不时打断她，说道：

“你就消停一会儿吧，福郎维太太。”

但是她不理睬他，继续道：

“就是的，夫人，这些德国人什么都不干，就知道吃土豆猪肉、猪肉土豆。你别以为他们干净！他们脏着呢！你要是看见他们几个小时或一整天地操练就明白了。他们都集中在一块地上，然后什么也不做，就是前前后后来回走正步，一会儿这边转，一会儿那边转。他们要是能在那块地上耕作多好，或者留在家里修修公路也不错！真的，夫人，这些士兵真是没什么用途！穷人们供他们吃，供他们住，却让他们学会怎么杀人！没错，我只是个老妇人，没什么文化，但我每次看见他们一天到晚大汗淋漓地操练，我心里总想：这世上有些人会做些发明，给人们带来好处，为什么有些人却这么费尽周折干坏事？真的，你说，杀人这事多可怕！不管是普鲁士人、英国人、波兰人，还是法国人！如果我们报复伤害我们的人，我们就是犯了错，要受惩罚，但是当我们的儿子像鹧鸪一样被击倒，这就没事。杀人最多的还能得到勋章。不，老实说，我是怎么也弄不明白这回事！”

科尔尼代提高嗓门说道：

“如果我们去进攻和平的邻国，那战争就是野蛮的行径，但如果我们是为了保卫国家而战，那么它就是件神圣的事情。”

老妇人垂下眼睛，说道：

“没错，要是自我防卫那就是另一回事了。但是把所有的国王杀掉岂不更好？是他们为了自己高兴而发动的战争啊。”

科尔尼代的眼睛一亮：

“说得太棒了，我的同胞!”

卡雷—拉马东先生沉思着。虽然他对伟大的将军们充满了崇敬，但是这位农妇平实的见解却让他想到，若是不用雇佣现在这些无所事事的军人，那得省多少钱啊！他们本是劳动力，现在却一无所产，若是他们在大工业企业里工作——那企业定是花费几个世纪才建成的——那得挣多少钱！这些钱要是累计起来，都富可敌国了吧。

但是卢瓦佐离开了自己的位子，走到旅店老板身边，开始和他低声交谈。旅店老板低声笑着，咳嗽着，和他语无伦次地聊天。卢瓦佐说话诙谐幽默，逗得他开心地笑着，庞大的身躯直发颤。最后他向卢瓦佐预购了六桶干红葡萄酒，等到春天普鲁士人走后再送货。

晚餐一结束大家都各自回房睡觉，疲惫不堪。

但是卢瓦佐早已悄悄发现有些蹊跷。他把妻子送去睡觉之后，自己走到房间锁孔边，一会儿往上贴着耳朵，一会儿贴着眼睛，想发现些他所说的“楼道秘密”。

一小时过后，他听见一阵窸窸窣窣的声音，于是赶忙往外窥看。只见羊脂球身穿带白蕾丝的蓝色山羊绒睡衣，看起来比以往更圆胖。她手里拿着蜡烛，往走廊尽头标着号码的门走去。走廊边一扇门是微微开着的。过了几分钟，她返回的时候，科尔尼代穿着一件衬衫，跟在她后面。他们低声说着话，随后突然就停止了。羊脂球似乎坚决不让他到她的房间里去。可惜，卢瓦佐开始没有听到他们说些什么；但谈话将近结束的时候他们提高了音量，于是他听到了几句话。科尔尼代不依不饶。

“你真是傻呀！这对你有什么影响吗?”他说。

她似乎很愤慨，答道：

“不，我的好先生，有些时候人是不能做那些事儿的。再说，在这样的地方，太羞耻了。”

显然他不明白，问她为什么。这让她不耐烦了，说话也不再小心翼翼，她又提高了嗓门，说道：

“为什么？你就不能明白为什么？现在这房子里有普鲁士人！甚至可能就在隔壁房间！”

他沉默了。这位妓女尚有爱国羞耻之心，不肯在敌人附近受人爱抚，这一定唤醒了他内心的尊严。他因此只赠了她一个简单的吻，便轻手轻脚地返回自己的房间去。卢瓦佐受了刺激，绕着房间雀跃了一会儿，随后躺到他熟睡的妻子身边。

整个房子沉浸在寂静之中，但很快从远处传来一阵呼噜噜单调而有规律的鼾声，像是从地窖里，又像从阁楼上传来。这鼾声沉闷冗长，还有阵阵波动，就像蒸汽气压下的锅炉一样跳动——这是福郎维睡着了。

他们已经决定好早上八点出发。时间一到，所有人都到了厨房。但是马车孤零零地立在院子中间，车顶上覆满了雪，旁边没有马匹，也不见车夫踪影。他们把马厩，车棚和谷仓都找过了，还是不见车夫。几个男人一同决定要在附近四处找找，于是开始动身出发。他们找过广场，又找过更远处的教堂，还找过路两边低矮的房子。那些房子里有一些普鲁士士兵，他们看到的第一个士兵在削土豆，后来看到的第二个在理发店外面清扫，另一个胡子一直长到眼窝底下，在抚弄一个哭闹的婴儿，把他抱在膝盖上摇晃，哄他安静下来。那些丈夫去参了军的胖农妇，似乎正在打着手势，指点她顺从的占领军士兵们该做些什么：砍柴，烧汤，或是磨咖啡。有一个士兵甚至在帮这位女主人洗衣服，因为她已是年老体衰的老奶奶了。

看到这些，伯爵大为震惊，于是询问了刚刚从司祭席走出来的教堂执事。这位老人回答道：

“哦，那些人一点都不坏。我听说，他们不是普鲁士人，是从更远些的地方来的，我也不知道具体是哪儿。他们都是远离了妻儿，也都不喜欢战争，这点你不用怀疑！我很肯定他们也为自己故乡的人们伤心，就和我们这边的人们一样。其实，现在这边的情况并不那么糟糕，因为士兵们不做什么坏事，就像在自己家里一样劳动着。你也知道，长官，穷人总是相互帮助，这世上只有那些大人物才发动战争。”

科尔尼代看到战胜军和战败国民如此相互理解，友好相待，感到义愤填膺，就退回住所。他宁愿把自己关在旅店里。

“他们是要到这边安家了。”卢瓦佐开玩笑说。

“他们是在弥补他们之前所做的坏事。”卡雷—拉马东先生严肃地说。

但是他们还是没有找到车夫，最后在村庄里的酒馆看到他了，他正和军官的传令兵热诚聊天，样子亲如手足。

“不是叫你八点给我们套好马吗?”伯爵质问道。

“哦，你是叫了；但我还收到了不同的指令。”

“什么指令?”

“不许套马。”

“谁给你下这样的指令?”

“嗯，那个普鲁士军官啊。”

“为什么?”

“我不知道，你去问他好了，他不许我套马，所以我就不套马，就这么回事儿。”

“他亲自这样和你说的吗?”

“不，长官，是旅店老板向我转达了他这个指令。”

“什么时候?”

“昨天晚上，我正要去睡觉的时候。”

三个男人回到旅店，脑子里一片混乱。

他们想要找福郎维先生，但是用人回应说，因为患了哮喘，他从来不在十点之前起床，他还下了禁令，不容许他们在十点之前把他叫醒，除非是旅店起火了。

他们想要见见那位军官，但这也是不可能的，虽然他也住在这家旅店里。只有福郎维先生才有权找他，询问他一些与战争无关的事情，所以他们只能等着。女人们回到各自的房间，找些琐碎的事情忙活。

科尔尼代坐到厨房里高高的壁炉前，壁炉里的火苗熊熊燃烧。他身边是一张小桌子，桌子上放着一大杯啤酒。他抽着烟斗——所有的民主党人几乎都和他一样爱抽烟斗，似乎这烟斗服侍了他就是服侍了这个国家。这是只精致的海泡石烟斗，被熏成了好看的黑色，和他的牙齿一样，但是很好闻，打着优雅的弯儿，在它主人的手上，衬着他的容貌。科尔尼代一动不动地坐着，一会儿盯着跳动的火苗，一会儿盯着啤酒上面的泡沫。每喝一口，他就一边心满意足地将自己细长的手指穿过他油乎乎的长头发，一边吸掉胡子上的啤酒泡沫。

卢瓦佐借口要活动腿脚，然后出门看看能不能给当地的酒贩卖些酒。伯爵和棉纺厂长开始谈论政治，他们预测法国的未来。一人寄希望于奥尔良派，另一人则期待未知的救世主——一个在最后紧要关头出现的英雄：也许是另一个迪·盖克兰[①]，或者让娜·达尔克[②]，也可能是另一个拿破仑一世。啊！要是皇太子[③]不那么年少该有多好！科尔尼代听着他们谈话，微笑着，好像自己掌握了众人的命运之匙。他的烟味弥漫了整个厨房。

时钟敲到十点时，福郎维先生起床了。大家立即围着他询问起来。不过他只能来回重复了三四遍，并且每次都是一字不变地说：

“那位军官这样对我说：‘福郎维先生，你要给他们下令，明天禁止给那些旅人套马。没有我的命令他们不能动身离开。听到了吗？就这些。’”

于是他们请求见那位军官。伯爵让旅店老板把自己的名片送过去，卡雷—拉马东先生也在上面署了自己的名字和各种头衔。那个普鲁士人传话说这两人可以在他用完午餐之后去见他，也就是说，在一

---

① 迪·盖克兰（1320—1380）：法国民族英雄，曾多次击溃英军。

② 让娜·达尔克（1412—1431）：即圣女贞德，法国民族英雄、军事家。英法百年战争时，她带领法军对抗英军，为法国胜利做出巨大贡献。

③ 皇太子：指拿破仑三世的儿子，当时年仅十四岁。

点左右。

几位太太又出来了，她们都吃了些东西，虽然心里很焦虑。

羊脂球看起来气色很差，忧心忡忡的。

他们正要喝完咖啡时，传令员过来召唤那两位先生。

卢瓦佐和他们俩一起过去。为了让这事情显得更加严肃，他们试图叫科尔尼代陪同前往，但是他自豪地宣称自己永远不会和德国人有任何瓜葛，然后坐在壁炉角落的位子上，又叫了一杯啤酒。

三个男人走上楼，被引进旅店最好的房间里。房间里，军官懒洋洋地坐在扶手椅上，双脚搁在壁炉台上，抽着一管长长的陶瓷烟斗，身穿华丽的晨衣，那晨衣无疑是从居民荒弃的住所里偷来的，它的主人着实没有什么穿衣品味。他头也不抬，也不和他们打招呼，甚至连看都不看看他们这边。胜利军的官兵们似乎总是这样傲慢无礼，他就是个典型的例子。

过了一会，他用生硬的法语问道：

"你们想要干什么？"

"我们想开始上路。"伯爵说道。

"不行。"

"可以告诉我们为什么不行吗？"

"因为我不愿意。"

"我想恭敬地提醒您，先生，您的总司令已经准许我们前往迪耶普。我想我们没有做错什么事情，要遭您如此对待。"

"我不愿意，就是我不愿意。你们走吧。"

他们鞠了个躬，回去了。

那个下午十分难熬。他们不明白为何德国人如此反常，于是脑子里有了许多奇怪的猜想。他们全都聚集在厨房里，没完没了地讨论这个问题，想象各种不切实际的事情。也许他们要被扣下来当人质——但是有什么理由呢？或者是要被引渡回国当作战犯？还是要被扣留下来交换赎金？最后这个猜想让他们万分惊恐。他们当中最富有的人最是担忧，想着自己被迫把成袋成袋的黄金倾倒到傲慢无礼的士兵手中，就为了买回自己一条性命。他们绞尽脑汁想着该如何谎骗才能掩盖自己是个富人，如何佯装自己是个穷人，贫困潦倒的穷人。卢瓦佐解下他的表链，放进口袋里。天将要黑了，这更加重了他们的忧虑。他们点了灯，但是还有两个小时才吃晚餐，卢瓦佐夫人提议玩三十一点[①]，好能让大家分分心。其他人都同意了，科尔尼代自己也加入进来，出于礼貌，他先把烟斗熄灭了。

伯爵洗牌，发牌。羊脂球一开牌就得看三十一点。大家都专心打牌，也就不那么焦虑了。但是科尔尼代发现卢瓦佐和他的太太正在联手使诈。

他们正要坐下来吃晚饭，福郎维先生来了，用刺耳的声音喊道：

“普鲁士军官让我来问问伊丽莎白·路塞小姐，她有没有改变主意。”

羊脂球呆呆地坐着，面如死灰。接着，她突然愤怒得一脸绯红，气喘吁吁地说道：

“好好告诉那个无赖，那个杂种，那堆普鲁士烂肉，我绝不会答应！听明白了吗？绝不，绝不，绝不！”

肥胖的旅店老板离开了厨房，随后羊脂球被大家团团围着，询问着，恳求着，让她说出军官找她的秘密。起初她拒不回答，但很快就怒不可遏了。

“他想怎样？他想要我做他的情妇！”她吼道。

听到这话，所有人都愤慨不已，倒没有人感到震惊。科尔尼代重重地把酒杯掷在桌子上，震得杯子碎裂。所有人都盛怒难却，大骂这个无耻的军人。他们同仇敌忾，就好像羊脂球的牺牲有一部分是从他们各自身上割舍一样。伯爵宣称，这些人的所为就如原始的野人，令人不齿。女人们纷纷温柔地表达了对羊脂球的同情。两位只有在用餐时才出现的修女低着头，一语不发。

怒斥之后，他们平息下来，开始用餐。桌边只有只言片语，大家却是心如潮涌。

女人们早早地去上床了，而男人们则点起了烟斗，提议组个牌

---

① 三十一点：一种纸牌游戏，三张纸牌得三十一点为胜。

局。他们邀请了福郎维先生一同玩牌，想趁机旁敲侧击问问如何才能让军官放他们走。但是福郎维一心只想着玩牌，对他们的问题不闻不睬，只是一遍一遍重复说："专心玩牌！先生们！专心玩牌！"他全神贯注地玩牌，都忘记了吐痰，结果他的胸膛像个风琴似的呼呼作响。他的肺呼啦呼啦的，哮喘更加严重了。他的声音尖锐嘶哑又刺耳，就像学着打鸣的小公鸡一样。

他的妻子困得要睡觉了，过来叫他，他也不回去。她自己走掉了，因为她起得早，每天天一亮她就起床。而他就习惯了晚睡，总是计划着和朋友们熬夜。他只说了句："把我的蛋黄甜奶放到火炉边。"就接着玩牌了。其他人眼看从他嘴里也问不到什么东西，就说太晚了，该回去休息了，于是大家都各自回房去了。

第二天他们一大早就起床了，心里还隐隐希望军官会准许他们上路。他们从没有这么渴望上路，一想到还要在这个破旧的小旅店呆上一天，就心灰意冷。

唉！马儿还是呆在马厩里一动不动，车夫也不见踪影。他们踱着步子围着马车转，想着这总比闷着无所事事好些。

午餐气氛沉闷。大家都对羊脂球冷淡起来。过了一夜，他们的想法开始有些改变。在清冷的上午，他们几乎对这个姑娘心生怨恨。她夜里可以悄悄地到普鲁士人那儿去啊！这样其他人一觉醒来就能惊喜地得知可以上路了。这不是再简单不过了吗？

再者，谁又会知道呢？她可以和那个军官说，她是可怜这些受困的人们，这样说也保全了面子。就这么件小事，对她几乎没有什么影响。

但是没有人敢承认自己有这样的想法。

午后，大家都百无聊赖，于是伯爵提议到小镇附近散散步。于是他们几个人把自己包得严严实实的，出发了。科尔尼代没有和他们一道，他宁愿留下来在火堆旁坐着。两位修女也没有同行，她们习惯了白天不是在教堂就是在牧师住宅里度过。

日子一天天愈加寒冷。散步的人们鼻子和耳朵都快冻僵了，脚也开始疼起来，甚至每走一步都如履刀尖。旷野里，他们眼前的景致荒芜，白茫茫的一片，令人沮丧。于是他们很快踏上返回的路，身子冻得发麻，心头一片沉重。

四个女人走在前面，三个男人跟着不远的后面。

卢瓦佐心里很明白眼前的状况。他突然开口问道："若是这贱女人还要继续让我们在这鬼地方等下去，我们该怎么办?"伯爵一向文质彬彬，他回道，他们不能要求一个女人做这样痛苦的牺牲，只有让她本人自愿。卡雷—拉马东先生说，如果法军按先前所说的做，在迪耶普反击，他们一定会在托特和敌军交战。两个人听到这个说法后，很是担忧。

"想想，我们要是徒步逃走呢?"

伯爵耸了耸肩。

"你竟能有这想法！这儿白雪皑皑的！我们的太太怎么办？再说，我们很快就会被赶上，十分钟内就被抓起来，带回去当俘虏，任由军方处置!"

这是实话，他们都沉默了。

女人们聊着服饰，但是她们似乎都很压抑，没有畅所欲言。

突然，他们看到那位军官站在街头。他身材高挑，穿着军装，像个黄蜂一样，身后是一望无际的白雪。他走路的时候，膝盖张开——这是军人特有的姿势，他们总是担心弄脏了自己精心擦亮了的靴子。

经过女人们身边的时候，他躬了躬身子。随后，他轻蔑地扫了男人们一眼。他们顾及尊严，没有脱帽行礼，尽管卢瓦佐做了个脱帽。

羊脂球脸红到了耳根。三个已婚的太太也是羞愧万分，因为这个军人之前对羊脂球那样无礼，现在又让他碰到她们和她走在一块。

接着她们开始讨论起他，他的身材和容貌。卡雷—拉马东夫人认识许多军官，自诩为鉴赏军官的行家。她觉得他长得还算不错，甚至遗憾他不是个法国人，不然他定能成为一名英俊的轻骑兵，让许多女人为他坠入爱河。

回到旅店后，他们不知道该做些什么。鸡毛蒜皮的小事都能让他们冷语相对。晚餐时大家默不作声，很快就吃完了。然后每个人都早早地上床，想要睡觉，好把时间打发掉。

第二天早餐，他们下楼时都一脸疲惫，一腔怒气。女人们几乎不和羊脂球说几个字。

教堂里有个婴儿洗礼仪式，号召信教的人们参加。羊脂球有个孩子寄养在伊弗托的农民家里。她一年也不看他一次，但是想到有个孩子要进行洗礼了，她内心突然一片柔软，执意要去参加洗礼仪式。

她一出门，其他人就面面相觑，拉着椅子围坐到一块。他们意识到必须采取些措施了。卢瓦佐灵机一动，提议大家让军官只扣留羊脂球，让他们其余人继续赶路。

他们托福郎维先生向军官传话，但他很快就返回来了。德国军官料到他们会这么做，把福郎维赶出了门，还说，要是满足不了他的条件，他们所有人都走不成。

听到这说法，卢瓦佐夫人的火爆脾气就点燃了。

“我们可不能在这儿老死！”她吼道，“母狐狸就是和男人们做这些交易，我就不明白，再多一个男人怎么了，她有什么权利挑三拣四！我告诉你们，她在鲁昂遇到什么男人都能给他当情人，连马车夫都不例外！是的，没骗您，夫人，就是省政府里的马车夫！我知道确实有这么回事，因为他和我们买酒了。如今在为我们解围的紧要关头，她却要佯装贞洁，有什么意思！要我说，我倒觉得这个军官已经是很好的了。您看，我们还有三位太太，其中有一位肯定更让他喜欢，但是他没有要碰我们，他要碰的是人尽可夫的女人。他是尊重已婚女人的。想想看吧，他可是这里的主儿。他只要开口说声：‘我想要！’就能强行把我们拉过去，他的士兵们会给他帮忙的。”

另外两个女人听了直打颤，漂亮的卡雷—拉马东夫人眼睛闪烁着，面色变得苍白，就好像那位军官正伸手向她施暴一样。

男人们本是在一旁讨论这件事，现在也靠了过来。卢瓦佐憎恶地说要把“这个贱女人”缚起手脚，送到敌人那儿，但是伯爵不赞同，他祖上三代都是大使，加上天生有外交官气度，他想用更机智的手腕解决问题。

“我们必须说服她。”他说。

于是他们开始谋划起来。

女人们聚到了一块。大家压低声音，开始一同讨论起来，各抒己见，然而谈话毫不见粗俗之迹。尤其是几位太太，她们熟练地用巧妙的言辞和精彩的暗语描述最污秽下流的事情。她们的话语着实隐晦，局外人听起来，一定是一头雾水。在她们看来，世上的女人都戴着面具佯装端庄，但只是虚掩其表。一说到这种不光彩的事情，她们就津津乐道，心花怒放。她们兴致勃勃地策划这起婚外私情，就像贪吃的厨子在准备晚餐一样。

人们自得其乐，最后都认为这是件令人开心的事情。伯爵说了几句相当低俗的玩笑话，但是他说得很圆滑，大家听了都忍俊不禁。接着卢瓦佐开了几个更放肆的玩笑，但是没有人生气。大家印象最深刻的要数他妻子说的话，她直白又刻薄地说："既然那女人就是做这门生意的，她为什么别的男人不拒绝，偏要拒绝这个男人呢?"高雅的卡雷—拉马东夫人甚至认为，倘若换成是自己，她倒宁肯拒绝其他男人也不拒绝他。

他们精心地设下防护，就如同在修建堡垒一样。每个人都欣然接受自己要扮演的角色，要说的话，要采取的行动。他们研究着进攻的步骤，要采用的战略和出其不意的袭击。他们要攻破这座活城堡，让敌人进入到它的围墙内。

但是科尔尼代始终没有和他们搅在一起，也不同他们出谋划策。

他们如此专注，几乎都没有察觉到羊脂球进门了。但是伯爵轻轻地"嘘"了一声，于是大家抬起头，看到她已经站在眼前了。他们突然不再说话，有那么一会儿，他们隐隐约约感到有些尴尬，不知道怎么和她打招呼。但是伯爵夫人可比其他人更擅长交际场上的花言巧辞，她问道：

"洗礼有趣吗?"

羊脂球仍是饱含深情，说起她在教堂的所见所闻，描述着在场人们的神情和态度，甚至还描绘了教堂的样子。她最后总结道：

"偶尔做个祷告还是好的。"

一直到午饭时间，女人们都很满意自己的表现。她们对她很友善，这样才能让她更相信她们，更愿意听取她们的建议。

他们一坐到桌边就开始展开攻势，先是泛泛谈论了自我牺牲的话题，引用了许多古老的例子。他们谈到犹迪[①]和贺罗菲尔纳，接着又天马行空地谈到卢克雷蒂娅[②]和塞克斯图斯，还有克娄巴特拉[③]，说她如何施展魅力，色诱那些敌军将领，让他们卑屈地拜倒在她的石榴裙下，甘心俯首为奴。随后，他们说起了一个荒诞不经的故事。这故事是这些愚昧的百万富翁编造出来的，说的是罗马的女人们如何跑到加布[④]，色诱汉尼拔[⑤]，还有他手下的将领和所有的雇佣兵。那些女人一次次地制止了敌军胜利的脚步，她们把自己的身体当成战场，当成统治工具，当成武器。她们牺牲贞洁，只为报仇雪恨，精忠报国。他们都表示对这些女人无比崇尚。

这些话都说得有节有度，不失礼节。他们时不时刻意表现得激昂奋进，想让谈话更有渲染力，好刺激羊脂球效仿先人。

他们就好像在告诉人们，女人在这世上就是要不断牺牲自我，不断糟蹋自己，让敌军将士任意摆布。

两位修女似乎是充耳不闻，陷入了沉思；羊脂球也一语不发。

整个下午大家都让羊脂球独自沉思着。她的同伴们不再像此前一般称她“夫人”，而改口为“小姐”。他们也说不上来为何这样做，也许是为了让她不再抱着已有的尊严不放，屈膝一步，认识到自己的卑微地位。

汤才端上来，福郎维先生又来了。他重复着前一天晚上说过

---

① 犹迪：古代犹太女英雄，曾英勇奔赴敌营，灌醉敌军将领贺罗菲尔纳并取其头颅，使敌军不战而溃。

② 卢克雷蒂娅：古罗马名将之妻，被暴君塔尔奎尼乌斯之子塞克斯图斯奸污而自尽，自尽前向父亲和丈夫交待雪耻之事。传说此事导致罗马王国的灭亡。

③ 克娄巴特拉：即埃及艳后，埃及托勒密王朝末代女王。传说克娄巴特拉曾利用美貌征服凯撒和安东尼等罗马名将，有“众王之女王”之称。

④ 加布：罗马附近城市，公元前二一五年被汉尼拔攻占。

⑤ 汉尼拔：北非古国迦太基名将，军事家，曾因久攻罗马不克而驻兵加布待援，但也有因沉迷加布妇女美色而耽搁一说。

的话：

“普鲁士军官派我来问问伊丽莎白·路塞小姐有没有改变主意。”

羊脂球简短地回答道：

“没有，先生。”

然而晚餐时候，同盟力量减弱了。卢瓦佐说三句话，句句都不合时宜。大家都绞尽脑汁想列举一些自我牺牲的事例，却一无所获。也许别无他意，只是出于对宗教的敬重，伯爵夫人开始询问年长的修女，让她说说圣人们一生中的光荣事迹。岂料大家从修女口中得知，许多圣人做的事情在我们看来就是犯罪，但只要是为了上帝的荣耀，或是为众人造福所做，教会就会宽恕他们。这番讨论铿锵有力。伯爵夫人是说得最起劲的。接着，年长的修女给这些阴谋者助了一臂之力。不知她是出于心照不宣的理解，还是为了暗送教徒们所擅长的殷勤，或是纯粹因为愚笨——这种愚笨不偏不倚，大大推进了他们的计划。他们本以为她很羞怯胆小，如今她让大家看到，她勇敢无畏，能言善辩，孤行己见。她的教义坚固如铁，她的信念忠贞不渝，她的良知安然若素。她认为亚伯拉罕[①]的献祭不足为奇，因为如果她自己收到那样的圣意，她也会弑杀自己的父母双亲，毫不迟疑。在她看来，任何事情，只要动机是高尚的，都不会让上帝不悦。看到这突如其来的盟友，伯爵夫人连忙利用她神圣的权威，让她解释一派道德学家奉行的道理：“手段可万般，目的方为上。”

“这么说，嬷嬷，”她问道，“你认为上帝会接受一切手段，并宽恕所有动机单纯的行为咯？”

“毫无疑问，夫人。若是出于善意，本当受谴责的行为也有其美德的。”

他们就这样继续谈论着，揣摩着上帝的意愿，推敲着上帝的判断。他们嘴里的上帝似乎关心许多事情，但那些事情与他根本就毫不

---

① 亚伯拉罕：事见《旧约全书·创世纪》，亚伯拉罕接到神的旨意，将其独子以撒作为献祭。但到了最后一刻，天使救下以撒，以一只公羊作为代替。

相干。

这些话都是经过反复推敲，说得小心翼翼的。但是这个穿着修女装的女人，她所吐的每一个字都让这位官妓放松了防线，不再那样义愤填膺地反抗，随后对话稍微有了转变。修女开始谈起她修会的修道院，她们的修道院院长，后来还谈起她自己，还有坐在她身旁这柔弱的小修女，圣妮赛福。她们应召前往阿弗尔，去照料医院里的几百名士兵。他们都患了天花。她说起这些病人和他们的病情。现在普鲁士军官反复无常，把她们滞留在半路，害得一批批法国人丢了性命。若非如此，她们是可以赶过去救他们的！照料士兵是老修女最擅长的了。她曾到过克里米亚、意大利和奥地利。说起自己在军营里的故事，她表现得像一个听惯了战鼓和军号的修女，似乎生下来就是为了随军奔波，在硝烟弥漫的战场上救死扶伤。她用只言片语就能让粗鲁刁横的军人平心静气，远胜过那些将军。总之，她就是个过惯了戎马生涯的女人，她那张坑坑洼洼的麻脸，本身就是战争创伤的印记。

她说完后，没有人说话。她的话太有渲染力，大家都害怕破坏了这氛围。

用完餐后，大家各自回房休息，第二天上午很晚才起床。

午餐静悄悄地吃过去了。前一天晚上播下的种子，大家都在等着它发芽结果。

下午，伯爵夫人提议去散步。伯爵按事先安排好的计划，挽着羊脂球的手臂，和她一起走在人们不远的后面。

他开始和她说起话来，用一种熟悉的口气，像父亲一般，带着轻微的傲慢。他这种阶级的人，对她这样的女人说话都会用这种口气。他称她做“我亲爱的孩子”，站在他高贵的社会地位上，带着他清白的名望，居高临下地对她说话。他开门见山说道：

“若是普鲁士军队反击，这儿一定战火纷飞。您宁愿让我们留在这儿，和您一样置身枪林弹雨，也不愿屈身成全吗？先前您已经那样屈身多次了！”

姑娘没有回答。

他一会儿表现得慈祥温和，一会儿竭力晓之以理，一会又试着动之以情。他仍以伯爵自居，尽管必要时殷勤备至，言语乖巧，甚至讨好。他赞美着她要做的贡献，说着他们如何感恩戴德。最后，他突然用熟悉的“你”称呼她。

“你知道，亲爱的，这样他就会很自豪，因为他征服了这么漂亮的一个姑娘。这样的姑娘在他自己的国家里乃是不可多得的。”

羊脂球没有回答，跟上了其他的人。

一返回旅店，她就到自己房间去，之后再没有露面。所有人都焦虑无比。她会怎么做呢？若是她依旧拒绝，他们得多么难堪！

晚餐时间到了。他们等着她来吃饭，却不见她的踪影。最后福郎维先生进来，说路塞小姐不太舒服，他们可以就座吃饭了。他们都竖起耳朵听着。伯爵靠到旅店老板身边，轻声问道：

“一切顺利吗？”

“是的。”

出于礼数，他没有向他的同伴们说什么，只是稍稍向他们点了点头。所有人都放松了，长长地舒了口气，脸上绽放着喜悦的光彩。

“天啊！”卢瓦佐喊道，“若是这儿有香槟，我定做东，请大伙喝！”旅店老板随后拎过来四瓶香槟，这让卢瓦佐夫人甚是失落。大家都突然变得兴致勃勃，心中满是喜悦，话也多起来。伯爵似乎第一次发觉卡雷—拉马东夫人光彩照人。棉纺厂长也对伯爵夫人赞誉有加。大家说话生动活泼，风趣幽默。虽然许多笑话品位低下，却也博得大家欢笑，没有让谁感到冒昧。愤怒和其他情绪一样，是与周围环境息息相关的。人们脑海里已经逐渐充斥着肮脏的想象和不洁的思想。

用甜点时，连女人们也沉迷于委婉审慎的影射。她们的每个眼神都意味深长。她们喝了很多酒。伯爵即使在放纵时也保持着高贵的仪态。他打了个比喻，说当时的境遇就好像是孤独寒冷的冬天即将结束，水手不再受困在失事船舶里，而看到南下的路径在眼前延伸，欣喜万分。大家都认为这个比喻恰如其分。

卢瓦佐显然乐得其所，站起来，高高地举着一杯香槟。

“我为我们的解脱举杯！”

所有人都站起来，欢呼着共同举杯。甚至两位修女也拗不过女人们的恳求，抿了一口冒着泡沫的香槟。她们之前是从没有碰过香槟的。她们赞叹道，这香槟就像冒着泡沫的柠檬汁，但是味道更加可口。

“真是遗憾，”卢瓦佐说道，“没有钢琴，不然我们就可以跳四对舞了。”

科尔尼代至此一语不发，一动不动，似乎陷入了严肃的沉思中。他时不时奋力拉着自己的大胡子，似乎要把它拉长。最后接近午夜，大家将要散场时，卢瓦佐拖着踉踉跄跄的步子走了，拍了拍他背后，醉醺醺地说道：

“你今晚不开心啊，老兄，怎么一声不吭的？”

科尔尼代扭过头，迅速而轻蔑地扫了这群人一眼，说道：

“我告诉你们，你们做的这件事情真是无耻！”

他站起身，走到门口，重复说道：“无耻！”，走开了。

大家都打了个寒颤。卢瓦佐一时间神情呆滞，仓皇失措，但他很快冷静下来，笑不成声地喊道：

“是呢，就你什么坏事都没干过！”

大家纷纷询问不休，于是他说出了“楼道秘密”，大伙听得不亦乐乎。女人们按捺不住开心的劲儿。伯爵和卡雷—拉马东先生笑得眼泪直流，他们简直不敢相信自己的耳朵。

“什么？你确定吗？他竟想……”

“我可是亲眼所见。”

“她拒绝了？”

“因为普鲁士人就在隔壁房间！”

“你定是听错了吧？”

“我发誓，千真万确！”

伯爵笑得喘不过气来，棉纺厂长扶着他。卢瓦佐继续说道：

“所以你们看，他完全不觉得今晚上的事情令人开心，这也不足为奇了。”

他们三人又开始大笑起来，呛着，咳嗽着，几乎乐坏了身子。

人们随后散开了。但是在回房的路上，卢瓦佐恶狠狠地对他妻子说“卡雷—拉马东那个目无尊长的小骚货，一整晚都是歪着嘴不怀好意的笑。”

“你知道，”她说，“女人一旦看上穿制服的，不管他是法国人还是普鲁士人，都是一个样，真是恶心透顶！”

次日清晨，天气晴朗，冬日耀眼的太阳照得白雪熠熠闪光。马车终于准备就绪，在门前等候着。一群长着粉红色眼睛和黑色眼珠的白鸽安静地走在六匹马儿腿间，舒展着羽毛，啄食着热气腾腾的马粪。

车夫裹着羊皮袄在车上抽着烟管。乘客们则将食物送到车上，准备在剩下的旅途上吃。他们眼看就要启程离开，都开心得神采奕奕。

只等羊脂球一个人了，她终于姗姗来迟。

她似乎非常羞愧，窘迫不已，怯怯地迈着步子走向她的同伴们。他们都不约而同地转过头，就好像没有看见她一样。伯爵傲慢地拉着他夫人的胳膊，让她移开，以免被这不洁的女人碰到。

姑娘僵直地站着。她受了惊吓，还没回过神来。过后，她鼓起勇气，谦逊地对厂长的夫人道了一句“早上好，夫人。”对方仅是傲慢无礼地轻轻点点头，脸上带着愠怒而高洁傲岸的表情。每个人都装作忙得不可开交，对羊脂球避而远之，就好像害怕有什么致命疾病会透过厚厚的几层衣服传染给他们。接着，他们匆匆赶到马车上，羊脂球最后一个上了车。大家都对这烟花女子鄙夷不屑。她默默地坐在来时坐的位置上。

其他人都似乎没有看到她，也不认识她。只有卢瓦佐夫人朝着她的方向轻蔑地看着，用半大的声音对她丈夫说：

“我真是有福了，没坐在那人身边！”

车轮缓缓地移动起来，他们又重新踏上了旅途。

起初没有人开口说话。羊脂球甚至连眼皮都不敢抬，她立刻对她的同伴们心生怒火，也为自己屈身投怀于普鲁士人而羞愧万分——是他们那样伪善地将她推到他怀里的啊！

伯爵夫人转向卡雷—拉马东夫人，很快打破了令人痛苦的沉默：

“你应该认识戴特雷尔夫人吧？”

“认识啊，她是我的朋友。”

“她可真是迷人啊！”

“真是讨人喜爱！聪颖过人，手儿又巧。她歌儿唱得醉人，绘画也是一流。”

厂长和伯爵聊着天。在车窗玻璃板“吧嗒吧嗒”的声响中，大家时不时听见他们说的几个词：股份……到期日……佣金……时限。

卢瓦佐拿出了一副破旧的牌，开始和他的妻子玩起贝齐格[①]。他在旅店里顺手牵羊拿了这副牌。这牌用了五年，在掉了漆的桌面上沾了厚厚的一层油。

两名修女同时从腰间拿出念珠，划了个十字，然后没完没了地齐声念着祷告。她们的嘴唇越动越快，好像在比拼，看谁念经速度更快似的。她们时不时地亲吻一块圣牌，然后重新划个十字，继续快速地念叨着，没人能听清她们念什么。

科尔尼代静静地坐着，陷入了沉思。

三个小时过后，卢瓦佐收起纸牌，说他饿了。

他的妻子于是拿出一个捆着绳子的包裹，从里面拿出一块小牛肉。她把小牛肉整整齐齐地切成小片，和她的丈夫开始吃起来。

“我们也该吃东西了。”伯爵夫人说。其余人都表示赞同。于是她拿出为自己和她丈夫以及卡雷—拉马东夫妇准备好的食物。一只椭圆形盘子的盖子上装饰着陶瓷野兔，表明盘子里装有一只煮熟的野兔。里面棕色的兔肉汁多味美，上面横放着烤肉条，还有其他切好的肉末。一块瑞士格鲁耶尔干酪裹在报纸里，油乎乎的报纸上印着几个字：新闻目录。

两位修女拿出了一大块飘着浓浓的大蒜味的火腿。科尔尼代伸手到他宽松的外套的大口袋里，从一个口袋里拿出四个熟鸡蛋，又从另一个口袋里拿出一片面包。他剥了鸡蛋的皮，扔到脚下的干草堆里，开始大口大口吃完了四个鸡蛋。些许鲜黄色的蛋黄落在他的大胡子上，看起来就像闪烁的星星。

---

① 贝齐格：一种纸牌游戏。

羊脂球在离开时很是匆忙，也很混乱，没有想到要备些食物。她看着这些人若无其事地吃着，满腔怒火。起初，她没有压抑住愤怒，整个人不住地打颤。她张开嘴唇，想要向他们厉声吼出事实，破口大骂，让他们羞愧难当，但是她被怒火噎住了，一个字也吐不出来。

没有人看着她，也没有人想着她。她感觉自己被淹没在这些人嘲讽的眼神里。这些道貌岸然的人们，是他们让她做出牺牲，如今又待她如无用又不洁的人！她想起了自己装满食物的大篮子。他们曾那样贪婪地吃尽了她带的食物：两只裹着肉冻的鸡，煎饼，梨，还有四瓶葡萄酒。她像一根紧绷的细线，就要支撑不住。泪水在她的眼睛里打转。她拼命控制自己的情绪，让自己坚强起来，吞下堵在喉咙的呜咽，但是泪水还是涌了出来，在她的眼皮周围闪烁着。很快，两大颗眼泪顺着她的脸颊慢慢落下。接着的眼泪越流越快，像从岩石上决了堤似的，一颗接着一颗，滴落在她圆润的胸脯上。她直直地坐着，表情僵硬，面色苍白而凝重，殷切地希望没有人看到自己忍不住哭泣。

但是伯爵夫人发现她在抽泣，便做了个表情，示意她丈夫。他耸了耸肩，似乎在说："哦，那又怎样？又不是我的错！"卢瓦佐夫人得意地暗笑，含糊不清地说：

"她那是羞耻地哭了。"

两位修女将剩下的火腿用纸裹好，又开始念起祷告。

科尔尼代吃完了鸡蛋，将他的长腿伸到对面的座位下，向后靠着，双臂交叉，微笑着，就好像刚刚想到了个风趣的笑话。他开始用口哨吹起《马赛曲》。

他周围的人脸色都暗了下来。他们显然不喜欢这口哨，个个都变得神经紧绷，烦躁不安，就像听到了风琴声的狗，随时准备嚎叫。科尔尼代看到大家都因此感到不愉快，反而把口哨吹得更大声了，还时不时地哼出这些歌词：

对祖国神圣的爱，
指引着，支撑着我们复仇的手。
自由啊，可贵的自由，
拿起盾牌，去战斗！

雪地变得更加坚硬，马车行进得更快速了。在去往迪耶普的一路上，科尔尼代提高声音，盖过车子前进的辘辘声，固执地吹着单调的口哨，像是在报复似的。一路上，先是过了渐暗的黄昏，后又到了漆黑的夜晚，他一刻不歇地吹着。人们疲惫又愠怒，却不得不一遍遍重复听着。他这样不知疲倦，固执地重复着，让大家把每句歌词里的每一个字都记得清清楚楚。

羊脂球仍在抽泣。两段歌声的间隙里，时不时还穿插着她没有忍住的呜咽声。